と片恋のシンデレラ

秋山みち花

幻冬舎ルチル文庫

CONTENTS ✦目次✦

侯爵と片恋のシンデレラ

✦カバーデザイン＝清水香苗(CoCo.Design)

✦ブックデザイン＝まるか工房

イラスト・サマミヤアカザ ✦

侯爵と片恋のシンデレラ

†

午後の優しい陽射《ひざ》しの下――。

シリル・フレミングは教会の裏手の庭で、ハーブの収穫に励んでいた。

院長が好きなアップルミントは、気をつけていないとすぐに庭中を侵食する。シリルはせっせとアップルミントの葉を摘みながら、合間にシャベルを使って境界用の溝も掘っていく。

さほど広くない庭にはハーブだけではなく、色々な野菜が植えてあった。

何年か前まではここは立派な薔薇園《ばらえん》だった。でも観賞用の薔薇が減って、今はハーブや野菜が中心の菜園になっている。庭のまわりには林檎《りんご》や梨《なし》の樹も植えてあって、孤児院の食料調達には欠かせない場所になっているのだ。

菜園の管理は、孤児院で最年長となったシリルの役目だ。垣根の修理なども含まれるので大変だけれど、その分やり甲斐《がい》もある。

アップルミントの葉を摘み終え、シリルはほっと息をついた。途中で土を運んだりもしたので、さすがに背中が強《こわ》ばっている。

「そろそろお茶の時間だな」

シリルはそう呟《つぶや》いて腰を上げた。

洗いざらしの綿の白シャツを腕まくりにし、サスペンダー付きのぶかぶかの焦げ茶色のズボンに、色の褪《あ》せた革ブーツ。お世辞にもしゃれた格好とは言えないが、シリルの顔立ちは案外きれいに整っていた。ふんわりした蜂蜜色《はちみついろ》の髪が陽射しを受けて明るく輝き、青灰色の瞳が見る人に優しい印象を与える。

シリルは教会の敷地に続く孤児院へと足を向けた。

左手に抱えた籠《かご》は収穫したハーブの葉でいっぱいになっている。アップルミントはすぐに使うが、セージやローズマリーは保存用に仕分けする予定だ。

十七世紀に建てられた教会と同じく、孤児院の建物も相当年期が入っている。

シリルは裏手のドアから厨房《ちゅうぼう》に入り、タイル敷きの天板にハーブを入れた籠を置いた。

孤児院には今、三十人ほどの孤児たちがいる。でも今日は教会の世話役の誘いで、子供たちは皆、農場へ出かけていた。

シリルは院長のお茶を用意するため、井戸から新鮮な水を汲《く》み上げ、竈《かまど》にかけた。

銅製の薬缶《やかん》が湯気を立てるまでの間、収穫したハーブを丁寧《ていねい》に選り分ける。すぐに使うものを少し残し、あとは乾燥させてから保存用の缶に詰める予定だ。

アップルミントの葉は水で軽く洗って、白地に小花模様のある磁器のポットに入れた。

今日は子供たちがいないので、午後のお茶の用意も簡単にすむ。シリルは戸棚に仕舞ってあったスコーンをふたつ皿に載せた。お湯が沸いたので、ポットに注いで、お茶の用意が完了だ。

シリルは銀のトレイにお茶のセットを載せて、院長室へと向かった。

「院長先生。お茶の用意ができました」

「ああ、シリル。ご苦労様」

今年で六十八になるマーサ・ライトは、書き物をしていた手を止めて顔を上げた。

院長は、小柄なシリルより頭ひとつ分背が高く、痩《や》せた身体《からだ》をグレーと白の修道服で包んでいる。高い鷲鼻《わしばな》の持ち主で緑色の目に近視用の眼鏡《めがね》をかけており、怒っている時はすごく怖い印象を与えるが、本当はとても優しい人だ。

テーブルの上にハーブティーとスコーンの皿を置き、シリルは院長と一緒に席につく。

子供たちがいる時は、みんなと一緒だが、ふたりだけだと向かい合ってお茶を飲むのが習慣になっていた。

「いい香りだわ」

カップを手にした院長は、高い鼻をすんと動かして、満足げに緑色の目を細める。

院長はアップルミントの優しい香りが好きで、伝統的なミルクティーと半々ぐらいの割合で飲んでいた。

スコーンは教会の信者からの差し入れで、少し表面が固くなっていたが、贅沢は言えない。

孤児院の経営は年々厳しくなっているというのが、院長のもっかの悩みで、倹約のためスコーンにつけるクロテッドクリームもほんの少し添えてあるだけだ。

「子供たちがいないと、ほんとに静かですね」

スコーンをひと口食べ、ハーブティーを飲んだシリルは、何気なく話しかけた。

「子供たちは可愛いけれど、本音を言えば出かけてくれていたほうがありがたいわね。そう、一日置きに……いえ、それが駄目ならせめて三日に一度。そのほうが私も長生きできそうですからね」

院長は生真面目《きまじめ》な口調を保ちながらも、眼鏡の縁を持ち上げる。

多少の悪戯《いたずら》には目を瞑《つむ》るが、それ以上の悪いことをした子は徹底的に叱《しか》る。院長は何十年という間、そういう教育方針で大勢の子供たちを育ててきた。

五歳の時からこの孤児院で暮らしているシリルにとっては、本当の祖母のようにも思える存在だ。

優しい院長とゆっくりお茶を飲む時間は至福だった。

「シリル、あなたのことですけれどね。やはり、もうそろそろ考えなければいけないと思いますよ」

ハーブティーを飲み終えた院長が、ため息混じりでそんなことを言い出す。

「ぼくはもう、ここでお世話になっているわけにはいかないんですよね」

シリルが母を亡くしたのは五歳の時。父の顔はまったく知らない。そしてシリルがこの孤児院に引き取られてから、もう十一年以上の歳月が流れていた。

孤児院の規定では、十六になった者は出ていかなければならない。

だからシリルも独立してやっていけるよう、色々な人に頼んで仕事を探してもらっているのだが、まだいい働き口が見つかっていない状態だった。

「シリルがいなくなると私はとても困るのだけれど、一応規則がありますからね」

「すみません、院長先生。ぼく、ご迷惑ばかりおかけして……」

「何も謝ることはありません。あなたには色々な仕事をやってもらってますからね。予算に余裕があれば、きちんとお給金を払って専属になってほしいぐらいです。なのに倹約倹約で、本当に頭が痛いこと」

院長はどうしようもないといったように首を振る。

孤児院は教会本部から送られてくるお金と、個人の篤志家《とくしか》からの寄付で経営されている。でも、教会からの予算が削られたりして、年々経営が厳しくなっているのだという話だった。

だが院長は、ふと思い出したように話題を変える。

「でもねシリル、ちょうどあなたにいい知らせが届いたところなの」

いったいいなんだろうと、シリルは首を傾《かし》げた。

「この手紙、あなたを採用してもいいという知らせです」

書き物机の上から、院長は一通の手紙を取り上げる。

「えっ、ぼくを雇ってくれるところがあったんですか？　どこですか？　農場？　それとも牧場？　あ、町外れにあるチョコレート工場とか？」

シリルは思わず腰を浮かせてたたみかけた。

院長は微笑《ほほえ》ましげに目を細め、ゆっくり首を左右に振る。

「どれも外れですよ、シリル。手紙はヴァレンタイン侯爵家から来たものです。あなたは侯爵家が所有するスワン城で、下働きに雇ってもらえることになりました」

「スワン城？　それに、ヴァレンタイン侯爵家……」

今まで一度も耳にしたことのない名に、シリルは呆然《ぼうぜん》となった。

いきなり侯爵家の使用人になれるだなんて、まるで夢でも見ているようだ。

「実はね、シリル。あなたには黙っていたのですが、三年ほど前に、侯爵家の弁護士から、あなたの出生についての問い合わせがあったのです」

「ぼくの生まれ、ですか？　だって、ぼくは何も知らない。母さんだって早くに亡くなってしまったし、ぼくは父さんの顔も知りません」

シリルは当惑気味の声を出した。

すると院長が宥《なだ》めるように、やわらかな笑みを浮かべる。

「ヴァレンタイン侯爵はご高齢で、お子様がおられなかったそうなの。それで一族の中から後継者を選ぶことになって、かなり広範囲に調査されたらしいわ。なんでも、あなたのお父さんのご先祖が、侯爵家に所縁《ゆかり》のあった方だとか」

「ぼくの父さんが侯爵家と?」

あまりにも思いがけない話に、シリルは青灰色の目を瞠《みは》った。

院長は、くすりと笑い声を漏らし、そのあと慌てたように咳払《せきばら》いをする。

「こほ……、失礼、笑ったりして悪かったわ。所縁があると言っても、あなたのお父さんの高祖父か、さらにもう一代前の方らしいから」

「それじゃ、ほとんど関係ないですね」

シリルはほっと肩の力を抜いた。

そんなに遡《さかのぼ》っての話なら、今はもうなんの関係もないに等しい。童話などに出てくるみたいに、自分が侯爵家の跡継ぎだと言われるかも……一瞬でもそんな想像をしてしまったことが気恥ずかしかった。

「まあ、そういう話なのです。けれど、その時の弁護士からの手紙では、ヴァレンタイン侯爵家で、あなたを引き取ってくれるかもしれないと」

「ええっ」

シリルは再び息をのんだ。

「少なくとも、侯爵家であなたに年金を支給してくれるかもしれないと、そんなお話だったのです。あなたには知らせなかったけれど、私はすぐにその弁護士の方に問い合わせを頼みました。残念ながら返事は来ませんでした。あなたに知らせなかったのは、無駄に期待をかけて、がっかりさせたくなかったからです。許してね、シリル」

「そんな……院長先生がぼくのためを思ってしてくださったことですから……」

「シリル。あなたも独立する歳になりました。ですから、もう一度試してみてもいいかもしれない。そう思ったので、カーティス弁護士をとおして、問い合わせをしてもらいました。そのお返事が、これです」

院長は眼鏡を下にずらし、緑の目を眇《すが》めながら中身を確かめたあとで、赤の封蠟《ふうろう》が残る手紙をシリルに渡した。

シリルは胸をドキドキさせながら、綴《つづ》られた文字に目を走らせた。

差出人はスワン城の執事アイザック・バートンとなっている。

――ミスター・シリル・フレミングについて、ヴァレンタイン侯爵は、年金を支給する義務はないものと判断されました。しかし、フレミング氏が当スワン城にて仕事を得ることをお望みならば、そのご希望にはお応えできるものと思います。スワン城の執事バートンをお訪ねください。

かなり事務的な内容の手紙だった。

でも、シリルにとっては何よりのものだ。

侯爵家から年金が貰《もら》えるなんて期待はしていない。でも仕事が貰えるなら、これほど嬉《うれ》しいことはなかった。

「院長先生……ぼく……」

シリルは言葉を詰まらせた。

これでこの孤児院から出ていかなければならないと思うと、寂しさが募る。でも、これは自分にとって大きく飛躍できる絶好の機会だ。侯爵家で雇ってもらえるなんて、これ以上の喜びはないだろう。

「シリル、決心したのね？」

「はい。このお話、お受けします。ありがとうございます、院長先生。ぼくのことを気にかけてくださって」

涙が滲《にじ》みそうで、シリルは固い声を出した。

「何を言うの。あなたは大切な我が子よ。心配するのは当たり前でしょう。だけど、寂しくなるわね……」

院長はそう言いながら、そっと手を伸ばしてくる。

頬《ほお》に触れられた指が温かく、シリルはまた泣きそうになった。

「でも、院長先生。そのスワン城ってどこにあるんですか？」

孤児院の近所では聞いたことのない名だ。

「ああ、ここからはだいぶ離れた場所ですね。スワン城は確か、湖水地方にあったと思いますよ」
「湖水地方……ですか」
シリルはため息をついた。
孤児院のある村からは、かなり離れている。簡単に帰ってこられる距離ではない。
しかし、贅沢など言ってはいられなかった。
五歳で天涯孤独の身となったシリルは、この孤児院で育ててもらった。
これからは独り立ちしてやっていかなければならない。
それが優しい院長を安心させる一番の近道なのだ。

1

シリル・フレミングは鉄道の駅舎で呆然となっていた。

孤児院を出て、二日がかりでスワン城近くの駅までやってきた。しかし、事前に手紙で頼んであったのに、馬車がつかまらなかったのだ。

駅員に訊《たず》ねると、スワン城まで徒歩でいけば二時間近くかかるとのこと。

分厚い雲に覆われた空からは、いつ雨粒が落ちてきてもおかしくない。それに、すでに夕方近い時刻になっていた。

今夜は近くで泊まったほうがいいかとも思ったが、あいにく宿はいっぱいだろうとのことだ。駅でひと晩待たせてもらうのも迷惑だろう。

「スワン城までの道は簡単ですか？」

「ああ、街道を北へいくと、そのうち看板が見えるよ。森の中にもちゃんと道があるから、迷うことはない。急いで歩けば二時間もかからんよ」

「わかりました。それじゃ、ぼくは歩いていくことにします。ご親切に教えてくださって、ありがとうございました」

シリルはそう決意して、小柄な駅員に礼を言った。

徒歩でいくなら早く出発したほうがいい。森の中で日が暮れてしまったら最悪だ。

シリルは教会に寄付された古びた革鞄《かわかばん》を手に、教えられた道を歩き始めた。

あたりには美しい景観が続いている。孤児院のある村はずっと南なので、まだ紅葉は始まっていなかった。でも、このあたりの樹木はうっすらと色づき始めていた。

道はポプラ並木になっていて、秋が深まる頃はさぞ見応えがあることだろう。

シリルは物珍しさで、あちこちに視線を巡らせながらも道を急いだ。

三十分ほど歩くと、駅員が教えてくれた看板が立っていた。

――この先スワン城。

案内の文字はそれだけだったが、看板は白鳥の形になっていた。

そうか。スワン城っていうから、きっと白鳥のいる湖があるんだ。

見知らぬ土地で見知らぬ人々に会う。

それだけで緊張していたシリルは、初めて胸の奥がほっこりとなった。

ヴァレンタイン侯爵家のことについては、出発前に村の図書館で少し調べてみた。

たいそう古い家系で、広大な領地を有しているとのこと。それ以上詳しいことは調べられなかった。でも、今歩いているところも侯爵の領地だろう。

道はしっかり整備され、路肩にも見苦しいものは置いてない。村の中をとおる時も、荒れた様子は微塵《みじん》もなかった。

これはすべて侯爵の力なのだろうと思う。

ぼくもしっかりとお仕えしなくては……。

シリルは決意も新たに道を急いだ。

だが、そこから三十分ほどして、雲に覆われた空から雨粒が落ちてくる。

シリルは革の鞄に挿してあった傘を急いで取り出した。

ここからまだ一時間かかる。雨がひどくなれば、道がぬかるんで歩きにくくなる。それに初めて訪れる場所なのに、ズボンの裾《すそ》を泥だらけにして行きたくはなかった。

シリルは小走りで一本道を進んだが、深い森の中に入ったところで、今度はとうとう日が暮れてしまった。雨も降っているので、よけいに暗くなるのが早いようだ。

残念ながら灯《あか》りは持っていない。少しでも見えるうちに城につかないと、大変なことになりそうだ。

「初めての土地で野宿とか、いやだよ」

シリルはそう呟いて、全力で走り始めた。

だが傘を差し、しかも重い鞄を持っていたせいで、思わぬ場所で足を取られてしまう。

「ああっ」

シリルは勢いよく転んでしまい、あろうことか水溜《みずた》まりの上で倒れてしまったのだ。

どうしてもっと注意しなかったのかと、自分を責めてももう遅かった。

ツイードのジャケットと中に着た綿のシャツ、それにズボンも泥水をたっぷり吸ってひどい有様だった。革鞄の中身は大丈夫だと思うけれど、転んだ拍子に傘の骨も折れてしまった。

シリルは途方に暮れた。

この格好でスワン城へ行かなければならないなんて最悪だ。城で気に入ってもらうには、第一印象が大切だったのに……。

シリルは情けなさで唇を噛《か》みしめた。

だが、その時ふいに後方から馬車の音が響いてくる。

シリルは邪魔にならないように、急いで道端へと移動した。

「痛っ」

しかし、最悪なことはまだあって、左の足首に痛みが走る。

転んだ時に挫《くじ》いてしまったらしい。

やってくる馬車に助けを求めてもいいだろうか。

そんな考えがよぎったのは一瞬だった。こんな汚れた格好で馬車に乗せてもらっては迷惑になるだけだ。

路肩に立ったシリルはしょんぼりと馬車が行き過ぎるのを待った。

小気味のいい蹄《ひづめ》の音に合わせて、車輪が回っている。

二頭立ての馬車は瞬《また》く間にシリルの前をとおりすぎた。だが、そこからいくらも経《た》たないうちに停まってしまう。

どうしたのだろう？

不思議に思って見ていると、驚いたことに中から長身の男が降りてくる。

「えっ？」

黒のコートに高い帽子を被《かぶ》った男は、真《ま》っ直《す》ぐにシリルの下へと歩いてきた。

「スワン城へ行くのか？」

鋭く問われ、シリルは目を見開いた。

とっさには返事もできない。

薄闇が迫っているなか、長身の男は光り輝いているように見えた。

年齢は三十歳ほどだろうか。シリルより頭ひとつ分、いやそれ以上に背が高い。黒のトップハットから覗《のぞ》く髪はダークブロンド。鼻梁《びりょう》がすっと高く、顔立ちが恐ろしく整っていた。雨避《あめよ》けのついた黒のコートは膝下《ひざした》までの長さで、すっきりと着こなした姿は威厳に満ちている。

シリルは吸い寄せられるように、男を見上げた。

しかし青い瞳が冷たく見返してくる。

「スワン城に用があるのか？」

冷ややかに重ねられ、シリルははっと我に返った。

「あ、すみません！　はい、そうです。スワン城へ行くところです」

「誰を訪ねていく？」

「は、はい、執事の……バートンさんです。ぼくは、あ、あの……スワン城で雇ってもらえることになって……」

シリルはあたふたと、訊《き》かれもしないことまで答えてしまう。

こんなに立派な風采《ふうさい》の人と、間近で話したのは生まれて初めてだった。青の双眸《そうぼう》を見ただけで、心臓がやけに大きな音を立て、普通に息をするのが難しいほど身体中が緊張する。

長身の男は、そんなシリルに呆《あき》れたのか、不快げに眉根《まゆね》を寄せた。

けれども形のいい口からは、驚くべき言葉が発せられる。

「馬車に乗っていけ」

「え？」

シリルはきょとんとなった。

「スワン城まで行くなら馬車に乗せてやる」

そう重ねられて、シリルは慌てて手を振った。

「いえ、そんな……ご迷惑をおかけするわけには」

「城まではまだ遠いぞ。すでに日没だというのに、おまえは灯りも持っていないではないか」

「で、でも、ぼく……すごく汚れてしまって……さっき、転んだんです。そこの水溜まりのところで」

シリルは今の状態を説明しようと、懸命に水溜まりを指さした。

「おかしな遠慮はするな。迷子になられては、城の迷惑になる」

男はそれだけ言って、くるりと背を向ける。

馬車に向かって歩き出した男に、シリルは操られたかのように従った。

ちょうど御者が馬車から降りて、傘を手にこちらへ向かってくる。雨は小降りになっていたが、自分のせいで男も濡《ぬ》れてしまっただろう。

男は御者が差し出した傘を断り、さっさと馬車に向かう。

シリルは申し訳なさでいっぱいになりながら、痛む足を庇《かば》いつつあとに続いた。

馬車に乗り込む前に、男はふと後方を振り返る。そしてシリルの捻挫《ねんざ》に気づいたのか、再び眉根を寄せた。

「足を傷めたのか?」

「あ、いいえ、たいしたことないんです」

シリルは慌てて首を振った。

驚いたことに、男はすっと手を伸ばしてシリルの身体を支える。

ずぶ濡れだったのに、男に身を寄せる格好になって、シリルは心底恐怖を覚えた。

現に御者の男はこれ以上ないほどいやな顔を見せる。だが、長身の男はがちがちになっているシリルを抱き上げるようにして馬車に乗せたのだ。

　馬車は大人が四、五人余裕で乗れる大きさだった。シリルは男の向かい側で、なるべく迷惑をかけないようにと身体を縮めていた。

　馬車はすぐに走り出した。

　男はシリルを同乗させたことなど忘れているかのように、無言で目を閉じている。

　シリルの胸のドキドキはまだ続いていた。

　スワン城へ向かっているということは、お客様だろうか？

　スワン城のお客様なら、貴族かもしれない。

　初めてなのに、いきなりお客様に迷惑をかけるなんて、これから会うことになっている執事のバートンに呆れられてしまうだろう。

　それでもシリルは男の親切が嬉しかった。自分のようにみすぼらしい者にも分け隔てなく優しく接してくれるなんて、本当に素晴らしい人だと思う。

　邪魔にならないようひたすらじっとしていたシリルだが、そのうち誘惑に負けて、ちらりと視線を向けてしまう。

　男らしく整った顔を見ているだけで、思わずため息がこぼれそうだった。

　目を閉じているのは、疲れているからだろうか？　顔色が悪いわけではないけれど、シリルは少し心配になった。

もちろん自分などが気にしたって仕方がないのだけれど……。

そうこうしているうちに、馬車の揺れが止まる。

男がゆっくり目を開け、シリルは慌てて視線をそらした。

心臓がひときわ大きく鳴ったが、男はシリルを咎《とが》めるでもなく自分で扉を開けて外に出てしまう。

もたもたして、また迷惑をかけてはいけないと、シリルは痛む足を無視して、反対側の扉から急いで馬車を降りた。

「すごい！」

思わず感嘆の声を上げたのは、目の前に美しい城があったからだ。

男を出迎えるため、玄関前にずらりと使用人が並んでいた。男性はフロックコートを着た者と、丈の短い軍服風の制服に身を包んだ者がいる。女性は黒のドレスを着ているが、列の後ろに並んでいる者はドレスの上から白のエプロンと帽子をつけていた。

整然とした列の中から年配の男性が前へと進み出てくる。

「お帰りなさいませ、侯爵閣下」

長身の男に向かってかけられた言葉に、シリルは息をのんだ。

今、確かに「侯爵閣下」と……。

まさか、この人がヴァレンタイン侯爵？

侯爵が年配の人だとばかり思っていたシリルは、激しい羞恥に襲われた。

仕事を断られては困るので、執事の心証を悪くすることを恐れていたのに、泥だらけの自分を拾って助けてくれた人が侯爵だったのだ。

初日から許されざる大失態だった。

青くなったシリルのそばで、侯爵は短く告げる。

「バートン。この子はおまえに用があるそうだ。足を傷めている」

「はっ、かしこまりました」

年配の厳《いか》つい顔の男が執事だったようだ。しかしその執事はシリルには見向きもしない。

侯爵に続いて執事も玄関から城の中へと入っていってしまう。

どうしていいかわからず呆然と立ち尽くしていると、今度はふっくらした体型の女性が声をかけてきた。癖のある栗色の髪をひっつめにして、黒のドレスを着ている。瞳の色は茶色。女性の年齢はよくわからないけど、四十歳ほどだろう。

「バートンさんを待つなら、こちらへどうぞ。使用人用の出入り口に案内するわ。自分で歩ける？　手を貸しましょうか？」

「あ、いえ、大丈夫です。ちょっと足を挫いただけですから。あ、ありがとうございます」

ほっと息をつきながら礼を言うと、女性はにっこりとした笑みを浮かべた。

「足を挫いたなら、あとで湿布もしてあげるわ。入り口までちょっと遠いけど、我慢してね」

シリルは女性の案内に従って、城の裏手にある使用人用の入り口へと向かった。

雨がすっかり上がって、夜空には半月が出ていた。月明かりで白い雲が切れて流れていくのが見える。

月明かりに照らされたスワン城は、本当に幻想的で美しい。

そうして、シリルのスワン城での生活が始まったのだ。

2

侯爵家の重厚な書斎で、主《あるじ》のスチュアート・ナイジェル・ヴァレンタイン侯爵は、眉間《みけん》に皺《しわ》を寄せながら、広大な庭を眺めていた。

裾が長めのすっきりとした黒の上下を着た侯爵は、後ろで手を組み、背後の男の声に耳を傾けている。

だが、侯爵の目が追っているのは、庭の向こうで犬と戯れている少年だった。

いつの間に仲よくなったのか知らないが、白い被毛のピレニアン・マウンテン・ドッグはスチュアート自身の飼い犬だ。フランス在住の友人とアルプスへ登山に行ったときに、貴国の女王陛下も可愛《かわい》がっておられるぞと、半ば強引に押しつけられた牡犬だった。女王《クイーン》と名づけたのも、その友人だ。

このところ忙しさにかまけて朝夕の散歩も滞りがちだった。城内の使用人が代わりに面倒を見てくれていたが、その係があの子供になったようだ。

二週間ほど前に森で拾った時はずぶ濡れで、文字どおり捨て犬のようだったが、今は傷めた足も治ったらしく、犬を相手に元気に飛び跳ねている。

「……スチュアート、聞いているのか？」

いつの間にか、口元をゆるめていたスチュアートは、背後から響いた抗議の声に、ゆっくりと振り返った。

「ああ、聞いている」

黒革張りの長椅子に腰を下ろし、分厚い書類に記載された数字を読み上げているのは、侯爵家の顧問弁護士トーマス・ドイルだった。

スチュアートより二歳上になるトーマスは、半年ほど前に彼の父親からスワン城の顧問弁護士の座を引き継いだ。スチュアートが新侯爵として、この城にやってきた時と、ほぼ同時期である。

仕事上ではスチュアートが雇い主になるが、トーマスはパブリックスクール時代からの友人でもあった。学年差はあったが、同じクリケットチームに所属し、また倫敦《ロンドン》の社交クラブも同じところを使っている。

黒っぽい髪に薄い青の瞳、片眼鏡をかけたトーマスは、公私ともによき友人だ。

「まったく、なんのために私がこれほど苦労していると思う？」

両腕を広げてみせたトーマスに、スチュアートはにやりと口元をゆるませ、向かい側の長椅子にどさりと腰を下ろした。

「それが君の仕事だろう？　正直なところ、その報告を聞くのはもう飽きた。爵位を継いだからには、スワン城にかかわる者に年金を払う義務があるのはわかっている。だが、どぶに金を捨てるような真似《まね》はごめんだ。正当な理由を持たない者の年金は打ち切る。すべて任せるから、君のほうで処理してくれ」

テーブルに置かれた書類は、ヴァレンタイン侯爵から年金を受給しようという者のリストだ。スワン城で長年勤めた使用人が老後に年金を受け取る。これはごくまっとうな取り決めなので、けちるつもりはない。しかし、年金を継続してほしいと希望する者の数は膨大だった。中でも一番質《たち》が悪いのが、ヴァレンタイン家に所縁があると主張する者たちだった。傍流のそのまた傍流、ほとんど赤の他人に等しいくせに、ヴァレンタイン家に扶養義務があるとはとても思えない。

先ほど庭で犬を遊ばせていた少年もそのうちのひとりだ。

一見すると無邪気で純真なくせに、中身は強欲。人は見かけによらないと言うが、その典型だろう。

新しく城で雇った使用人。それだけで済めばなんということもなかったが、執事から、あの少年が年金の支給を希望していると聞いた時は、心底がっかりしたものだ。

いやなことを思い出し、スチュアートはいっそう顔をしかめた。

「では、こちらですべて見直して、処理しよう。次にスワン城の必要経費に関してだが、大きなもののリストはこれだ」

トーマスはまた新たなリストを見せる。

受け取った書類に目をとおし、スチュアートは眉根を寄せた。

「なんだ、この数字は？　まるで国家予算なみじゃないか」

「それはないだろう」

「修繕費がこんなにかかるのか？」

「ここは古い城だからな」

「こんな馬鹿みたいな金額、どこからひねり出すんだ？」

吐き捨てたスチュアートに、トーマスがくすりと笑う。

「領地から上がる収益には限度がある。足りない分は君自身が稼ぐしかないな」

「なんだと……。だいたい、これはなんだ？　狐《きつね》狩りを一回やるだけで、なんだってこんなに経費がかかる？」

スチュアートはまた新しく問題になる数字を見つけ、人差し指でパチンと弾《はじ》く。

「ああ、伝統的な行事だからな。先代の侯爵が身体を悪くされてから、しばらく狩猟は催されていないが、君はやるべきだろう。スワン城の格式なら、女王陛下に出席を賜《たまわ》ることも可能だぞ」

「狐狩りなどつまらん。金の無駄だ」

スチュアートは一言のもとに撥《は》ねつけたが、トーマスはそんなことでは怯《ひる》まない。

「狐狩りとは限らないだろう。少し下の欄を見てくれ。狩猟関連だが、スワン城の森の管理、馬と猟犬、それから狐や、その他狩りで仕留めるための小動物の飼育、それらを主な仕事としている者もいるのだ。猟番にとって、侯爵家主催の狩りは晴れ舞台だ。狩りが行われなければ、彼らはなんのために日夜、仕事をしているのかわからなくなる」

「解雇は？　できないのか？」

鋭く突っ込むと、トーマスはゆるく首を振る。

「猟番は昔からの伝統的な仕事だぞ。スワン城の場合、森番も兼ねている。君は彼らの誇りを奪うつもりか？　君は高貴な血の一員となったのだ。これもノブレス・オブリージュ。高貴なる者の義務だ」

「やれやれだな」

スチュアートは深くため息をついた。

先代のヴァレンタイン侯爵は、ずいぶんと遠い親戚だった。彼に息子がいれば、自分がここに呼ばれることもなかったのだ。

貴族の血を引いているとはいえ、スチュアートの両親は中流階級に近い暮らしをしていた。最初に爵位を継いでほしいと頼まれた時、スチュアートは即座に断った。

貴族が領地経営以外の商売に手を染めるのは、品のない行いだと思われていた。投資を行うだけならいいが、自分で直接会社経営などに乗り出すと、白い目で見られることになる。

しかしスチュアートが慣れ親しんだ階級では、皆が新たな財産を作ることに熱心だった。

よりよい生活がしたい。だから働く。極めて単純な図式だ。

もちろん貴族の中にもまっとうな職に就く者がいる。聖職者や軍人、医師、法曹関係、これらの職は上品なものと認められており、子爵家の次男であるトーマス・ドイルもそのうちのひとりだ。

とにかく、額《ひたい》に汗して働くのは下層階級の者だけ。大手を振って商売に勤《いそ》しんでいる者は、軽蔑の対象となる世の中だった。

だが、そうして湯水のように金を使うのみで安穏とやってきた結果、今の貴族の多くは借金で首が回らなくなっている。

スチュアートが受け継いだヴァレンタイン家の経済状態も、決してよくはない。それで顧問弁護士のトーマスに頼み、一から見直しを行っているところだ。

「狩猟だけではない。君は舞踏会を開く必要もあるぞ」

「舞踏会だと？」

トーマスの脅しに、スチュアートは舌打ちしそうだった。

「社交界でのつき合いを、ないがしろにはできないからな。時期と規模については、執事のバートンに相談したほうがいい」

「まったく、金が出ていく話ばかりだな。今さらだが、爵位を継いだことを後悔しそうだ」

スチュアートはうんざりした気分を隠さずに吐き捨てた。

学生時代からつき合っているトーマスは、すべてを含めたうえでのよき理解者だ。

「スチュアート、弱音を吐くのはやめたまえ。君は誰よりも誇り高い男だ。義務を放棄する気などないだろう」

言い負かされた形になり、スチュアートは深くため息をついた。

片眼鏡はトーマスの理知的な面《おもて》を際立たせている。この男がいなければ、本気で義務を放棄していたかもしれない。

その後、二、三の重要なポイントをふたりで話し合う。そしてトーマスは暇《いとま》を告げて立ち上がった。

顧問弁護士の見送りを、見目のよい従者に任せたスチュアートは、書斎から庭へと足を向けた。

外の新鮮な空気を吸って、少し頭をすっきりさせないと、提起された問題点への回答も見つけられない。

差し当たって切り詰められるところはすべて切り詰め、足りない分はどこかで調達するしかない。幸い、スチュアートが個人で行っている投資は順調で、当面はスワン城の経費に困ることもないはずだ。

スチュアートはゆったりと芝生の庭を歩き始めた。

分厚い雲が切れ、やわらかな陽射しが降り注いでいる。気持ちのいい午後だった。

「あっ、クイーン！　待って！　駄目だよ、飛びついちゃ。君は泥だらけなんだから！」

甲高《かんだか》い声が聞こえたのは、庭の中ほどまで来た時だ。

ふと立ち止まった瞬間、大型犬が勢いよく飛びついてくる。

「ウオン！」

スチュアートの胸にどんと前肢を突き、目一杯尻尾《しっぽ》を振って喜びを表しているのは、ピレニアン・マウンテン・ドッグのクイーンだった。

クイーンは一歳を超えているが、図体が大きいだけで、性格はまだやんちゃなままだ。

「どうした、クイーン？」

懐《なつ》かれて機嫌が悪くなるはずもなく、スチュアートは飼い犬に優しく話しかけた。

しかし、クイーンがまたワオンと鳴き、はっと気づくと、彼女の前肢にはべったりと泥汚れが付着していた。当然、スチュアートの服も泥汚れでひどい有様だ。

「クイーン！　駄目って言っただろう？　ご、ごめんなさい。庭の向こうにぬかるみがあって、遊んでたら、すごく汚れちゃったんです」

犬を追いかけてきたのは、執事をとおして年金を要求している、あの若い使用人だった。

蜂蜜色のふんわりした髪を乱しながら、小さな身体で懸命に大きなクイーンをスチュアートから引き離そうとしている。

「あのっ、……クイーンは侯爵に会えたのが嬉しくてたまらないんです。だから、お願いです。許してあげてください。ぼくからもお詫《わ》びします」

泣きそうな声で頼まれて、スチュアートは思わず眉根を寄せた。

「何故《なぜ》、おまえが謝る？　これは私の犬だぞ。それとも、おまえは、クイーンの飼い主になったつもりでいるのか？」

「あ……すみ、ません」

年若い使用人は、びくっとしたように青灰色の目を瞠り、そのあと慌てて頭を下げた。

深い意図があったわけではないが、スチュアートの言い方が冷たく響いたのだろう。

見かけと違って強欲。そんな子供を嫌悪する気持ちが、顔にも出てしまったのかもしれない。しかし、だからと言って、毛嫌いするのも大人げない話だ。

「おまえの名はなんといったか？」

「あ、はい……ぼくはシリル……シリル・フレミングです」

シリルと名乗った若者は、懸命にクイーンのリードを引きながら、そう答える。

ちらりと目を向けているのは、台なしにされたスチュアートの服だ。

「おまえの仕事はなんだ？　この犬の世話係か？」

「いいえ、違います。この子の世話は暇がある時だけで、普段は下働きを色々とやらせてもらってます。お城の中やお庭の掃除のお手伝いとかが主ですけど……」

「それなら、おまえに直接仕事を頼んでもいいか？」

スチュアートがそう訊ねると、シリルはまるで初夏の陽だまりのように、ぱあっと顔を輝かせた。

「もちろんです、侯爵様！　何をやればいいですか？」

勢い込んで訊ね返してきたシリルに、スチュアートは我知らず圧倒された。

陽射しの下で見ると、頬に薄い雀斑《そばかす》がある。笑った顔に、ひどく懐かしさを覚えた。

だがスチュアートはシリルに頼んだことを、すぐに後悔した。使用人の仕事を取り仕切っているのは執事のバートンだ。何か要望がある時も、執事をとおすのが筋だった。

「おまえに、その汚れきった犬を洗ってもらいたかったのだが、他に何か仕事があるなら、いいぞ」

「今はお休みの時間だから、大丈夫ですよ？　それに、ぼくもちょうどクイーンを洗ってやろうと思ってたとこですから」

シリルはそう言って、またにっこりと笑う。

スワン城の使用人は、常にしかつめらしい顔をしている。主人に向かい、全開の笑みを見せる者など誰もいなかった。

「それじゃ、クイーンの世話はおまえに頼もう」

「はい！」

元気いっぱい答える声に、クイーンも尻尾を振りながらウオンと相づちを打っている。毎日遊んでくれない主よりも、相手をしてくれるシリルのほうを気に入った様子だ。

スチュアートは内心でため息をつきながら、その場から歩き出した。が、ふと思い出したことがあって、再びシリルを振り返る。

「庭にぬかるみがあったと言っていたが、どこだ?」

「はい、ちょうどあのあたりです。森から飛んでくる枯れ葉が溜まってて、水捌《みずは》けが悪くなってるみたいで」

シリルはそう言って、場所を教えるように指さす。

「そうか、あのあたりだな?」

「はい」

「わかった」

スチュアートは短く答え、再び背を向けた。

シリルとクイーンは、すぐに歓声を上げながら駆け出していく。

ふん、無邪気なものだ……。

スチュアートは胸の内でそう呟き、それとは気づかぬうちに口元をゆるめていた。

出てきた時と同じように、書斎に直接入っていくと、待ち構えていたのは、厳つい顔をしたスワン城の執事アイザック・バートンだった。

背はあまり高くないが、がっしりした身体を黒のフロックコートに包んでいる。五十歳になるバートンは先代侯爵の頃からスワン城のいっさいを取り仕切っている厳格な執事だ。

「侯爵閣下、お召し物が汚れてしまったようですね」

「ああ、クイーンに飛びつかれた」

「では、すぐにオーウェンを呼びましょう」

バートンは軽く頭を下げて、離れていこうとしている。

オーウェンは、スチュアートの身の回りの世話を専門とする従者だ。

「待て、バートン。何か話があるなら、着替えの前に聞こう。それと、森の手前に落葉が溜まってぬかるみができているそうだ」

「かしこまりました。すぐに庭師に調べさせます」

「それで、おまえの話とは？」

スチュアートはそう訊ねながら、少し前まで顧問弁護士のトーマスが座っていた長椅子に腰を下ろした。

長い足を組むと、バートンが直立不動で静かに口を開く。

「差し出がましいことを申し上げるようですが、コート伯爵未亡人へのお返事、そろそろ差し上げたほうがよろしいかと存じます」

スチュアートは顔をしかめた。

メアリー・コート伯爵未亡人は、先代ヴァレンタイン侯爵の妹だ。爵位を継いで以来、未亡人はスワン城のことに何かと口を出してくる。昔からの仕来りがどうのと、スチュアートにとっては頭の痛くなる存在だった。

手紙を貰ったのはいいが、まだ返事を出していない。執事はそれを注意してきたのだ。

「レディ・コートはスワン城で舞踏会を開くべきだと……そんな必要があるか？」

スチュアートはトーマスの忠告を思い出しつつ、訊ねてみた。

「侯爵がスワン城に来られて半年になります。レディ・コートがおっしゃったように、そろそろ舞踏会を開き、社交を始めてもよいのではないかと思います」

「だがな、舞踏会を開くとなると、他にも困った問題が……」

「閣下のご結婚の件でしょうか」

執事の言葉には飾りがない。

いきなり核心を突かれ、スチュアートはますます顔をしかめた。

「レディ・コートの魂胆は見え見えだ。彼女は、自分の孫娘を私に押しつけようとしている」

「何か不都合なことがございますでしょうか」

「ああ、不都合なら大ありだ。私は当分の間、いや一生と言い換えてもいい。とにかく結婚など考えたくもないのだ」

スチュアートはそう吐き捨てた。

若い時の体験で、スチュアートは女性に対し、夢を抱《いだ》けなくなっている。しつこく結婚を迫ってくるような女は面倒なだけだ。

「ですが、今、舞踏会を開くことをお断りになったとしても、レディ・コートが諦《あきら》めてくださるとは限りません」

「そのとおりだな」

「侯爵がスワン城を閉鎖なさらない限り、いつかは舞踏会を開かねばなりません」

「それで、何か対策はないのか？」

スチュアートがそう訊ねると、意外にも執事は「はい、ございます」と答える。

「どんな手だ？」

「レディ・コートに諦めてもらえるよう、侯爵がご自身でお相手を見つけられればよろしいかと」

「それじゃ問題の解決にはならん」

「いえ、レディ・コートにそう思い込んでいただければ結構。侯爵が今すぐ本当にご婚約なさる必要はありません」

スチュアートは真面目くさった顔で答える執事に、興味を引かれた。

「まさか、偽者でも仕立てるのか？」

「さようでございます」

「そんな役目を引き受けてくれる女性、私には心当たりがないぞ」

「お許しがいただけるようでしたら、こちらでご用意させていただくことも可能かと存じます」

「まさか、役者でも頼むのか？」

スチュアートは呆れて訊ね返したが、執事ははっきりとは答えなかった。

「いかがなさいますか？」

「それじゃ、万事おまえに任せることにする」

スチュアートは、半ば投げやりに許可を出した。

「かしこまりました。それでは舞踏会の準備を進めさせていただきます。レディ・コートには、近く舞踏会を開くと、お返事を」

「ああ、わかった」

「それでは、オーウェンを呼んでまいります」

執事はきっちりと腰を折ってから、書斎を出ていった。

舞踏会が避けてとおれない行事なら、早めに済ませてしまうに限る。そしてスワン城の執事が、伯爵未亡人の孫娘を遠ざける方法を考え出してくれるなら、期待はせずとも、任せてみてもいいかもしれないのだ。

3

「シリル、少しいいかね？　おまえに頼みたい仕事があるのだが」

スワン城の執事にそう声をかけられて、シリルはびくりと身体を強《こわ》ばらせた。

執事のバートンは厳つい顔をしているが、別に怖いわけではない。でも、直接仕事を命じられることなど滅多にないので、自然と緊張してしまったのだ。

バートンはシリルを、自分が執務に使っている小部屋へと連れていった。

スワン城には使用人用の居住区域がある。厨房や洗濯室、貯蔵庫などがある地下の一角だ。

執事の執務室はその居住区の一番手前にあった。

狭い室内に、机と椅子が二脚だけ置かれ、高い位置に小さな窓があって、ほんの少し外の景色が見えている。壁の棚は綴《と》じた書類で埋まっており、執事にとって、ここは自分だけの城といった雰囲気だった。

「そこにかけなさい」

「はい」

シリルは勧められるままに、執事の向かいに腰を下ろした。

「おまえに頼みたいのは、少し変わった仕事だ」

「変わった仕事とは、どのような?」

シリルは首を傾げた。

スワン城で雇ってもらったとはいえ、まだ専門の仕事は決められていない。シリルの身分は下僕見習いだ。今はなんでもやらせてみるといった試用期間だった。

「何をやってもらうか言う前に、おまえに訊きたいことがある。我々スワン城の使用人は、主であるヴァレンタイン侯爵のために、精一杯仕えている。今はすでに十九世紀も半ばだ。だから時代錯誤な言い方かもしれないが、侯爵に忠誠を捧げているのだ。おまえはどうだ? ここに来てまだ日数が経っていないが、侯爵に忠実に仕えることを誓えるか?」

生真面目に訊ねられ、シリルは勢いよく頷いた。

「侯爵閣下はお優しい方です。あ、まだ二回しかお会いしてませんが、ぼくは侯爵のためなら、なんでもやります。やらせてください」

「シリル……おまえの立場では、侯爵に直接お声をかけてはいけないことになっているのだが……」

厳格な執事に、呆れたように言われ、シリルはしゅんとなった。

仕事を始めた日に、あまり侯爵の近くには行かないようにと注意されていたのだ。

「申し訳ありません」

素直に謝罪すると、執事はほっと息をついた。

「侯爵がおまえに犬の世話を頼んだ時のことなら、見ていたから知っている。とにかく、私が訊きたかったのは、おまえがこの先もスワン城でしっかり働きたいかどうかだ」

「お願いします。ぼく、なんでも一生懸命にやりますから」

真摯《しんし》に言うと、ようやく執事の表情がやわらぐ。

そしてスワン城の執事は、こほんと軽く咳払いをしてから、用件を切り出した。

「シリル、ひと月後のことだが、城で舞踏会を開くことになった。おまえにはその時、特別な役目を頼みたい」

「はい」

「役目というのは、侯爵の許嫁《いいなずけ》役を務めることだ」

「は？　……許嫁？」

シリルはきょとんとなった。

「おまえが驚くのも無理はない。簡単に説明しよう。舞踏会には先代侯爵の実妹でいらっしゃるコート伯爵未亡人がおいでになる。伯爵未亡人は孫娘のサラ様を、侯爵のお相手にとお望みだ。しかし侯爵は、しばらくの間、結婚はしたくないとおっしゃっておられる。独身の侯爵が舞踏会を開かれるとなれば、大勢の花嫁候補者が接近してくるだろう。侯爵はそういった煩わしさも回避したいと仰《おお》せだ。そこで、私のほうから提案させていただいた。おまえが侯爵の許嫁役を引き受けてくれれば、花嫁候補者も諦めるだろう。どうかね？　この役目、引き受けるか？」

「あ、あの……待ってください。ぼく、なんでもやりますって言いましたけど、許嫁役って、どうしてぼくが？　ぼく、女の子じゃないのに……」

シリルの疑問は当然のことだった。

侯爵の婚約者なら、すごい美人だろうと、誰でもそう期待する。なのに、男で、しかも容貌だって並みの自分が、そんな大役をこなせるはずもない。

「おまえが不安になるのも、もっともだ。しかし、私の目に狂いはないはずだ。おまえなら立派に許嫁役をこなせるはずだ」

「バートンさん……」

シリルは呆然と目を見開いた。

「そう青い顔をすることはない。おまえが承知なら、準備はすべてこちらで引き受ける。家政婦長もすでに承知だ。演技に関しては、私より彼女の教えを請うほうがいいだろう。おまえには客室に移ってもらい、まずはドレスを揃《そろ》えないとな」

どんどん進んでいく話に、シリルは口を挟む隙《すき》もなかった。

いつも怖いしかめ面《つら》をしている人なのに、今の執事はどこか楽しげにさえ見える。

自分が女の役をやると思っただけで、目眩《めまい》がしそうなのに、執事はすでに細かい手筈《てはず》も整えている様子だった。

「さて、こういう話なのだが、侯爵のために、引き受けてくれるかね？」

「侯爵閣下のため……？」

「そうだ。我々スワン城の使用人が一丸《いちがん》となって、ご主人様の窮地をお救いするのだ」

これはシリルだけの仕事ではなく、皆が協力して成し遂げるものだ。そう力説されて、シリルは結局、許嫁役を引き受けることになった。

「ぼく……うまくできるかどうか、わかりませんけど、やってみます」

何よりも、あの優しい侯爵が困っているなら……こんな自分でも、少しは役に立てるなら……全力を尽くしてみたい。

シリルはそう思ったのだ。

「よし。それならさっそく作戦開始だ。すぐに家政婦長を呼ぼう」

執事はにやりと笑って、立ち上がった。

†

「さあ、ここがあなたの部屋よ」

家政婦長のケイト・ホームズは扉を開けたと同時に、そう宣言した。

ふっくらした身体を黒のドレスに包み、栗色の髪はしっかりと結い上げている。シリルがスワン城に初めて来た時、親切に案内してくれた女性だ。

家政婦長は今年で四十五歳。シリルが、病気で亡くした息子に似ているからと、何かと親身になってくれる。

「家政婦長……ここって、お客様用のお部屋ですよね？　ほんとにぼくがここを使うんですか？」

執事の命令で許嫁役を引き受けたのはいいが、さっそくスワン城のお客として過ごすように言われ、シリルの戸惑いは大きかった。なんと言っても、シリルは下僕。しかも見習いにすぎなかったのだから。

スワン城は半円を描くような造りになっている。シリルに与えられたのは、マスターベッドルームや書斎など、侯爵が私的に使う部屋が集中する西翼の二階にあった。

広々とした室内は上品で落ち着いた雰囲気の内装で、テラスからの眺望も抜群に美しい。城の裏手に広がる庭園、その両側に深い森が続いている。正面にはスワン城の名前の由来となった、白鳥が多く生息する湖が見えた。

「舞踏会まで一カ月あるわ。準備もしなくてはいけないし、何よりあなたには、貴族らしく暮らす練習をしてもらわなければなりませんからね」

「でも、ぼくはただの平民で……スワン城でも一番下っ端の下僕見習いなのに……」

シリルが尻込みするのを見た家政婦長は、両手を腰に当て、これ見よがしに嘆息した。

「シリル。これは侯爵のご命令なのですよ？　なのに下っ端のあなたが、閣下のご命令に逆らうつもりなの？」

駄目出しをされたシリルは、ぐっと黙り込んだ。

でも、こんなに豪華な部屋で寝起きするなんて、まだ信じられない。これから、どうなってしまうのかと、すごく不安だった。

「さあさあ、そんな顔しないの。まるで私があなたを虐《いじ》めているみたいじゃないの」

家政婦長はそう言って、シリルを力づけるように、肩を叩《たた》く。

これ以上遠慮ばかりしていると、かえって迷惑になる。

そう思ったシリルは、ため息をついた。

「さて、あなたにはこれからドレスを着てもらいますからね。ええと、その前に入浴ね」

有能な家政婦長の顔に戻ったホームズは、てきぱきと動き始める。

部屋は寝室と客間に分かれており、寝室の奥には着替えや入浴のための、予備の部屋もついていた。

家政婦長の指示で、下働きのメイドが何人かで大量のお湯を運んでくる。猫脚のついた優美な陶器の湯船にそのお湯が満たされた。

貴族の令嬢は、メイドが介添えするとのことだが、さすがにシリルはひとりで入浴を済ませる。しかし、そのあとはひとりというわけにはいかなかった。

女性用の、しかも貴族の令嬢に相応《ふさわ》しいドレスを着るのが、どれほど大変か……。

コルセットでウエストをぎゅうぎゅう締めつけられて、シリルは死ぬかと思った。だが家政婦長は慣れた様子で、次々とシリルに服を着せていく。

クリーム色のハイネックのドレスには、襞《ひだ》がたっぷりついていた。胸に詰め物をしているのも、襞飾りでうまく隠されている。長袖《ながそで》で肩が丸く膨らみ、袖口にはレースがあしらってある。スカートはふんわり広がって、腰の細さが強調されていた。

蜂蜜色の髪はきれいに梳《と》かし、肩胛骨《けんこうこつ》のあたりまで届く付け毛を足す。そして顔にも薄く化粧を施された。

「いい出来映えね。清楚《せいそ》で可愛らしい美人に仕上がったわ」

家政婦長は、シリルを上から下へと眺め、努力の結果に満足そうな笑みを見せる。

シリルは怖々、等身大の姿見を覗き込んだ。

映っていたのは、本物の少女のような自分の姿だった。羞恥で頬がほんのり赤くなると、さらに可憐な風情になる。

問題は、踵《かかと》の高い靴でまともに歩けるかどうかだ。

そして家政婦長は、シリルの不安を察したかのように告げた。

「さて、まずは歩き方の練習ね」

「こんなに踵が高いと、ふらついてしまいそうなんですけど」

「弱音は吐かない。少し練習すれば、すぐに慣れると思うわ」

家政婦長にそう宥められ、シリルは分厚い革表紙の本を頭に乗せて、懸命に室内を歩き回った。そのあと椅子に腰かけたり、立ち上がったりする練習も行う。

女の人は本当に大変なんだな。

それがシリルの偽らざる感想だった。

しばらく練習を続けていると、ふいに扉がノックされ、驚いたことに侯爵が姿を見せた。

「支度は終わったのか？」

「はい。このとおりでございます」

家政婦長は、丁寧に侯爵を室内へと迎え入れた。

長身の侯爵が歩を進めてくる姿は、ため息が出そうなほど立派で、つい見とれてしまう。

侯爵は濃い灰色のツイードのジャケットを着て、手に鳥打ち帽を持っていた。散歩などに出かける時の格好だ。

けれども侯爵が間近までやってきて、シリルは急に恥ずかしさに襲われ、慌てて頭に乗せていた本を下ろした。

自分がみっともない格好でいることを忘れていた。男のくせに女の子のドレスを着ているのだ。

まともに視線を合わせられず、シリルはじっと床を見ているだけだった。

「ほお、見事に化けたものだな。これならいけるかもしれない。家政婦長の手腕は賞賛に値する」

侯爵はシリルを見て、驚いたように言う。

「これは私の力ではございません。シリルがもともと持っているものがよかっただけです。それと、シリルなら完璧に役目を果たせるからと、資質を見抜いていたのは執事ですから」

「ああ、そうだな。バートンの慧眼《けいがん》には恐れ入る」

侯爵と家政婦長のやり取りを、シリルは身を硬くしながら聞いていた。

一応、合格ということだろうか……。

不安を隠せないでいると、侯爵がすっと腕を伸ばしてくる。

シリルははっと顔を上げた。

侯爵の青い瞳と視線が合うと、ますます羞恥に襲われる。頬がかっと赤くなって、何故か心臓までドキドキとうるさく音を立て始めてしまう。

「支度が終わったなら、湖まで散歩に行こう」

「え……あ、あの……」

シリルは心底慌てた。いきなり侯爵と散歩だなんて、心の準備ができていない。

「どうした？　何も取って食おうという訳じゃない」

「あ、違うんです。ぼく、まだきちんと歩けるかどうか、わからなくて……」

「レディを助けるのは紳士の役目。おまえも私を頼りにすればいい。転びそうになったら、ちゃんと支えてやる」

侯爵はにこりともせずにそんなことを言って、シリルから分厚い本を取り上げた。そして本を家政婦長に渡すと、しっかりシリルの手をつかんで、自分の腕に絡《から》ませた。

これではもういやだと言うこともできなくなる。

そしてシリルは、家政婦長に見送られ、侯爵と散歩にいくことになってしまったのだ。

侯爵はシリルの歩き方がぎこちないことに気づき、歩調をゆるめてくれる。バルコニーから直接庭に下りて、真っ直ぐ湖へと向かった。

庭園の中には散歩用の小路《こみち》が整備されており、休憩用の長椅子なども途中に置かれていた。

このところ、穏やかな天気が続いており、空気も乾いている。時折、風が吹いて、庭園で咲き誇る花々の甘い匂《にお》いを運んできた。

ゆったり歩いていくうちに、シリルの歩き方も徐々に様になっていく。侯爵が横で支えてくれるので、ドレスの裾を踏んで転んでしまう心配もなかった。

時間をかけ、湖の岸辺に到着する。

「わあ、きれいだな……」

シリルは自然と声を上げた。

さほど大きな湖ではない。四方を囲む森は、今が紅葉の盛りだ。そして湖の向こうには薄く山の影も映っている。

この地方は風光明媚《めいび》な土地柄だという話だが、この湖の眺めはなかでも最高だろうと思う。

美しい景色に目を細めていると、侯爵が話しかけてくる。

「あそこの四阿《あずまや》で休憩しよう」

「はい」

シリルは素直に返事をして、侯爵に導かれるままに、湖を正面にした四阿に向かった。

丸い屋根を載せ、まわりに六本の支柱を配した白い大理石の四阿だ。中には小ぶりのテーブルとカウチ、椅子が据えられて、クッションと膝掛けが用意されていた。

そのカウチに腰を下ろしてすぐ、侯爵に訊ねられる。

「足が痛くはないか？」

「いいえ、大丈夫です」

シリルはゆるく首を振った。

踵の高い靴は、柔らかい上等な革で作られている。そのせいか、足を傷めるようなことはなかった。

しかしそこで、シリルはふと疑問に思った。ドレスや靴のサイズが、最初からあつらえたかのようにぴったりだったのだ。

「あの、お伺いしてもいいですか？」

「なんだ?」

侯爵は言葉少なに問い返すが、機嫌が悪いわけではなさそうだ。

「どうしてぼくにこの役目をやらせようと思われたのでしょう? スワン城には若い女性の使用人が大勢います。その人たちじゃ駄目だったんですか?」

「人選は執事が行った。しかし、おまえに頼んだのは悪くないと思う」

「どうしてでしょう? ぼくは男なのに……」

「男だから、いいのではないか」

「えっ?」

シリルは首を傾げた。

「メイドを使うほうが簡単なのは確かだ。しかし、あとで勘違いなどされてはかなわないからな」

侯爵は皮肉っぽく言うが、意図するところが、シリルにはよくわからなかった。

「女はとかく夢見がちだ。許嫁という役が本当のものになればいい。そんなふうに期待されては困る。男のおまえなら、間違ってもそんな期待はしないだろう」

シリルは何故か胸がきゅっと痛くなるのを覚えた。

侯爵は素敵な独身男性で、女の子なら誰でも恋人になれたらいいなと憧《あこが》れる存在だ。男の自分だって、優しくされると、すごく嬉しくて心臓がドキドキしてしまう。

「そうですね……。でも、……ぼくはまったく垢抜《あか》けないし、従者のオーウェンさんなら、すごくきれいだけど……」

シリルはついよけいなことまで口にしてしまう。

侯爵の従者を務めるキリト・オーウェンは、エキゾチックな雰囲気の美形の青年だ。

「オーウェンはそれほど暇じゃない。おまえは、許嫁役をやるのがいやだったのか？」

苛立《いらだ》たしげにたたみかけられて、シリルは慌てて否定した。

「あ、いいえ……いやだなんて、そんなことありません。ぼくなんかでお役に立てるなら、嬉しいですから」

「それなら、これから一カ月、レディとしての立ち居振る舞い、マナーを学んでくれ。舞踏会に来るコート伯爵未亡人を納得させられたら、仕事は終わりだ」

「……はい……」

シリルは躊躇《ためら》いつつも、素直に頷《うなず》いた。

大役が務められるかどうか自信がない。でも、尻込みしているだけではいけないのだ。侯爵のために役に立ちたいという気持ちは、ますます強くなっている。だから、できるかぎり頑張ってみたかった。

湖に目をやると、白鳥の番《つがい》が何組も、仲よさそうに、気持ちよさそうに羽を休めている。美しい景色を侯爵とともに見ていると、まるで自分自身が物語の登場人物になったかのよんだ……。

でも、ぼくは醜い家鴨《あひる》の子だな。しかも、成長しても絶対にきれいな白鳥にはなれないような気がした。

シリルは孤児院で読んだ童話を思い出し、内心でこっそりため息をついた。

しばらく時を過ごしたあと、城に戻る小路を歩き始める。

行きと同じように、シリルは侯爵に腕を取られて進んでいたが、スカートの裾が絡みついて、思わず転びそうになった。

「ああっ」

「大丈夫か？」

小さく叫ぶと、すかさず侯爵に腰を支えられる。

「だ、大丈夫ですから……っ」

シリルは焦り気味に答え、大きく一歩前へと踏み出した。だが今度は、靴の踵が石畳に引っかかって脱げてしまう。

「おい！」

侯爵が強く腕を引いてくれなければ、無様に倒れてしまうところだった。

「す、すみません。く、靴が……脱げてしまって」

シリルは真っ赤になりながら言い訳した。

脱げた靴はスカートの裾の中だ。恥ずかしさを堪《こら》えて拾おうとしたが、侯爵に止められてしまう。

「スカートの裾を持ち上げておけ」

侯爵はそう命じて、腰をかがめた。

脱げた靴を拾い上げられて、シリルはますます赤くなってしまう。

これから貴婦人としての優雅な所作を覚えていかなければならないのに、最初がこれでは先が思いやられる。まして、侯爵に靴を拾わせるなんて、穴があったら入りたいほどだ。

「女物の靴にはまだ慣れていないのだろう。仕方ない。この靴を持っていろ」

シリルは侯爵に渡された靴を、反射的に受け取った。

だが、次の瞬間、ふわりと身体が浮き上がり、驚愕《きょうがく》で目を見開く。

侯爵に横抱きにされてしまったのだ。

「やっ、そんな……っ、だ、駄目です」

シリルは信じられずに、かぶりを振った。

「大人しくしてろ」

侯爵は苛立たしげに吐き捨て、シリルを横抱きにしたままで力強く歩き出す。

侯爵に抱かれて運ばれるなんて、さらに信じられない事態だ。

シリルはぎゅっと目を瞑っているしかなかった。

元の部屋に戻り、ようやく床に立たされる。

「まあ、どうかしましたか？」

呆れたような声とともに、家政婦長が出迎える。

「靴が足に合っていない。もっとちゃんとしたものを揃えてやれ」

冷ややかに命じた侯爵に、シリルはいたたまれない思いで身を縮めた。

「かしこまりました。すぐに用意いたします」

家政婦長が丁寧に答え、侯爵はそのまま部屋から出ていってしまう。

残されたシリルは、泣きそうになりながら謝った。

「すみません。ぼく、うまくできなくて……」

「何もあなたが謝るようなことではないわ。それに侯爵は、あなたのことがずいぶんと気に入ったご様子だし」

思いがけない言葉に、シリルは目を見開いた。

「侯爵は怒ってしまわれたのではないのですか？　ぼくがもたもたしてたから……」

「そんなことないわよ。あなたはまだここに来て間もないからよくわからないでしょうけど、侯爵はああ見えて、気さくなところもおありなのよ」

「侯爵が気さく……？」

「ええ。普段はにこりともなさらないけれど、侯爵は我々使用人のことも、ちゃんと認めてくださるし……あなたも、びくびくすることないわ。もっと堂々としてらっしゃい。さて、靴屋を呼ばなくてはね」

家政婦長は言いたいことだけ言い終え、そのまま部屋から出ていく。

ひとり残されたシリルは、呆然となっていただけだ。

†

慣れない部屋での生活が続いた。

ふかふかの寝台で目覚めたあと、シリルの怒濤《どとう》の一日が始まる。

寝台の上にぶら下がっているリボンつきの紐《ひも》を引っ張ると、すぐにメイドが部屋に入ってくる。

「おはようございます、シリル様」

「おはようございます。朝のお茶をお持ちしました」

赤毛の若いメイドはキティ。気取った仕草で紅茶を注ぎ、シリルにカップを手渡したとたん、たまらなくなったようにくすっと忍び笑いを漏らす。

カーテンを開けて寝台のそばまで来たブルネットのエバは、シリルが楽なように、背中にクッションを当てる。

けれども、そのあとくすくす笑い出したのは、キティと同じだった。

「ふたりとも、笑わないでください。ぼく、もうどうしていいか、わからなくなるから」

シリルは情けない顔で頼み込んだ。

城の使用人は皆が、シリルが許嫁役を務めていることを知っている。

執事のバートンから、秘密をひと言でも漏らせば即刻解雇する、皆で協力するようにと、厳重に命じられているとのことだ。

家政婦長をはじめ、こうして世話をしてくれるメイドたちも、シリルを本物のお嬢様のように扱う。

だが内心で面白がっていることは事実で、それがふとした拍子に忍び笑いという形で噴き出すのだ。

「何をおっしゃっておられるのですか、お嬢様？　……って、ああ、もうお腹《なか》が苦しい」

キティがしかめ面で、腹を押さえる。

「ごめん、ごめん。真面目にやろうとしてるんだけど、つい笑っちゃって」

エバのほうも同じような反応だ。

馬鹿にされているわけじゃないことは、よくわかっている。自分だって、逆の立場だったら、笑いが堪えられなかっただろう。

シリルは仕方ないなと、ため息をついた。

「朝食のあと、侯爵と散歩にいく？」

真面目な表情に戻ったキティが訊ねてくる。

クイーンを連れ、侯爵と朝夕庭を散歩するのは、このところの日課となっていた。

「散歩が終わったら、ダンスの練習……なるべく動きやすいドレスのほうがいいわね」

エバも有能なメイドらしく、てきぱきと事を進めていく。

彼女たちは普段、城の掃除や片づけをやっている。侍女役を務めるのは、もっと上級の者の仕事なので、シリルの世話ができることが嬉しいのだと言っていた。

「ありがとう、キティ、エバ……あなたたちがいてくれないと、どうなっていたか……」

シリルは心からの礼を言った。

「いいよ、シリル。一番大変なのはシリルだって、みんなわかってる」

「これはスワン城の使用人が総力を挙げなければならない戦いだって、バートンさんが……」

微笑んだふたりに、シリルはほっとなった。

舞踏会の日が近づいていた。貴婦人の真似をするのはまだ心許《こころもと》ない。でも、こうして城中の者が応援してくれるのだから、頑張るしかなかった。

エバに選んでもらった淡いピンク色のドレスを着て、シリルは侯爵とともに、散歩に出かけた。最初の日は失敗したが、今では歩き方もぎこちなさが取れている。

ピレニアン・マウンテン・ドッグのクイーンは、とても利口で、シリルがドレス姿だと、いきなり飛びついたりせず、大人しくそばに従っているだけだ。そして、侯爵と一緒の散歩が心底嬉しいらしく、盛んに尻尾を振る。

「ドレスを着て歩くのに、だいぶ慣れたようだな」

「……はい」

「会話はまだぎこちないが」

「す、すみません」

シリルは顔を赤くして謝った。

メイドたちはドレスの着付けに気を遣ってくれるけれど、孤児院出身のシリルに、気の利《き》いた会話をしろというのは難しい。

「まあ、いい。舞踏会でも、なるべくおまえから目を離さないようにする。誰かに何か訊かれたら、微笑んでいればいい。天気の話題以外、むしろ口をきかずに黙っていたほうがいいかもしれない」

「はい……」

シリルの教育を請け負っているのは執事と家政婦長だ。

執事には発音も徹底して直されている。今の英国では階級によって、話し方にかなりの違いがある。幸い孤児院の院長は中流以上の出だったため、シリルもその影響で下品とされる発音には縁がなかった。執事には筋がいいと褒められ、さらに洗練された会話を心がけるようにと言われている。

家政婦長から徹底して教えられたのは、貴婦人としての身ごなしだった。その他にも、知っておくべき伝統的な女性の役割など……。

しかし、一気に詰め込まれる知識を自分のものとするのは難しい。

それで侯爵は、散歩の途中、時々シリルの仕上がり具合を点検するのだろう。

期待されたほどうまく役目をこなせていないのは悲しいが、侯爵と肩を並べ、クイーンをつれての散歩は、密《ひそ》かに楽しみにしているものだ。

スワン城の庭園は手入れが行き届いており、いくつかの区画に分かれていた。湖まで一直線に拓《ひら》けた区画は、芝生が中心で、森の手前にはきれいな花を咲かせる花壇がある。城の西翼と東翼、両方に硝子《ガラス》張りの温室が設置され、そこで午後のお茶を飲むこともあった。

きれいに紅葉した森も整備が行き届き、小路を歩いているだけで清々《すがすが》しい気持ちになれる。

様々な教育のなかで、シリルがもっとも緊張するのがダンスだった。

何故なら、ダンスの教師は侯爵自身が引き受けていたからだ。

散歩から戻って、ひと息つくと、燕尾服《えんびふく》に着替えた侯爵がシリルの部屋にやってくる。

ダンスの練習がいよいよ始まるのだ。

「さあ、シリル。カドリールからおさらいだ」

長身の侯爵に手を取られると、それだけで緊張する。

幸いふたりきりで、音楽も侯爵自身が低く口ずさんでくれる。

覚えなければならないダンスは三種類。カドリールとポルカとワルツだ。このうちワルツは侯爵のリードに身を任せているだけでよかったが、本音を言えば、このワルツが一番緊張した。

「身体が硬くなっているぞ。もっと力を抜け」

カドリールが終わり、いよいよそのワルツになると、すぐに侯爵から怒られる。

「申し訳ありません」

シリルは頬を真っ赤に染めて謝った。

侯爵の手が腰に当てられ、身体が密着しているだけで、羞恥が湧く。心臓が高鳴ってどうしようもなかった。

「どうしてそんなに緊張しているのだ?」

「だ、だって……」

生真面目に問われても、答えようがない。

侯爵は苛立たしげに舌打ちする。

がっかりさせてしまったかと思うと、情けなくて涙が出そうになってしまう。

「そんなことでは、とても婚約者には見えないぞ。身体の力を抜いて、私にもたれかかればいい」

「で、できません……」

シリルは我知らず顔をそむけた。

すると侯爵はふいに、シリルの顎《あご》をつかんでくる。

「どうしてもできないなら、他の方法を試すしかないな」

くいっと上を向かされ、シリルは思わず息を止めた。

そして侯爵の端整な顔が近づいて、いきなり唇を塞《ふさ》がれた。

「んっ……」

シリルは驚きで目を瞠ったが、侯爵の唇は離れていかない。

口づけられている。

そう気づいたせつな、かっと羞恥が湧いて目を閉じた。

「……ん、く……っ」

侯爵は唇を押しつけるだけではなく、舌先でそろりと舐《な》めてくる。

目を閉じたせいで、その感覚がよけいに鋭く感じられ、シリルはどうしていいかわからなかった。

腰にかかった侯爵の手に力が入る。

息が苦しくなって、喘《あえ》いだ瞬間、するりと熱い舌が滑り込んできた。

「んぅ……、う、く……ぅ」

舌が絡みついて、心臓が爆発したように高鳴った。

淫《みだ》らな感触が怖くて逃げ出したかったけれど、ぴったりと抱かれているので、腰をよじることさえ難しかった。

「う、ふぅ……んぅ」

侯爵の舌は縦横に動き、根元からしっとりと吸い上げられる。

容赦なく唇を貪《むさぼ》られて、何故か身体中から力が抜けた。まともに立っていることもできず、シリルは自然と逞《たくま》しい侯爵に縋《すが》りつく。

気が遠のきそうになった時、ようやく侯爵の唇が離された。

「……んく……っ」

潤んだ目で侯爵を見つめると、じっと刺すように見つめ返される。

自分の濁ったようなブルーとは違って、侯爵の双眸は湖の深淵のように澄みきっている。

見つめているだけで吸い込まれてしまいそうになるほどだ。

だが、侯爵はしばらくして、皮肉っぽく口元を歪《ゆが》める。

「これで、少しはましになるだろう。ワルツを続けるぞ」

冷ややかに告げられて、シリルはつきりと胸に痛みを感じた。

まるで本物の恋人同士のように口づけられた。

でもそれは、単に身体の緊張をほぐす目的で仕掛けられたものだ。

唇を合わせるキスは、今まで誰ともしたことがない。シリルには生まれて初めての蕩《とろ》けるようなキスだったのに――。

「……ぼくは……」

シリルはぽつりと呟いたが、それと同時に、侯爵の長い足がすっとステップを踏み始める。

腰に当てられた侯爵の手が、さらに熱く感じられた。

それでも侯爵のステップに合わせて自然と身体が動く。

シリルは乱れた気持ちのまま、ずっとワルツの練習を続けさせられたのだ。

4

その日スワン城は、朝から至るところがざわついていた。

代替わりして以来、初めて正式に客が訪れるのだ。舞踏会を数日後に控え、最初にやってくるのは、前侯爵の実妹、メアリー・コート伯爵未亡人だった。

伯爵未亡人は先代の存命中、年に何度かスワン城に滞在していた。万事、古きよき時代の貴族的なやり方を好むうるさ型で、迎える使用人たちは、ぴりぴりと神経を尖《とが》らせていた。

シリルもそのうちのひとりだった。いよいよ許嫁の役をこなす日がきたのだ。緊張の度合いも最高潮に達し、朝から胃が痛かった。

使用人のひとりが「お客様が到着されます」と知らせてきて、シリルは青ざめた顔でグランドホールに向かった。

清楚な印象を強調するため、今日は白のあっさりしたデザインのドレスを着せられていた。身につける宝石類も控えめなものだ。

西翼の階段を下りていた時、フロックコートを着た侯爵と行き合う。

シリルは縋るように侯爵を見つめた。

「大丈夫だ。どこから見てもおかしくない。何かあれば、すぐ私か執事に言うんだ。おまえの正体がばれては、私も困る。だから、おまえのことは全面的に守るつもりだ」

「は、い……」

侯爵の言葉に、シリルは唇を震わせながら頷いた。

「では、行くぞ」

曲げた腕を差し出され、シリルはごく自然に自分の手を添える。これも、侯爵の婚約者としての教育を受けてきた成果だった。

彫刻や絵画が並べてあるギャラリーをとおって、スワン城の正面玄関であるグランドホールに向かう。

人の背丈の三倍の高さがある大扉が左右に開かれており、その外ではスワン城の主だった使用人たちがきれいに列を作っていた。シリルは侯爵に伴われて、その列の真ん中に並んだ。

待つほどもなく、土埃《つちぼこり》を上げた馬車が進んできて、玄関前にぴたりと止まる。

スワン城の執事が馬車の扉を開け、中からいよいよ伯爵未亡人が降りてきた。

「ようこそ、スワン城へ。長旅で、お疲れではありませんか?」

侯爵が一歩前へと進み、優雅に挨拶《あいさつ》する。

「お久しぶりです……侯爵」

伯爵未亡人の挨拶を受け、侯爵はすかさず彼女の手を取って、甲に口づけた。その間に、若い女性も馬車から降りてくる。

伯爵未亡人は藤色のドレスに紫と白の帽子を被っていたが、若い娘は全身真っ赤な装いだ。赤く大きな羽根がついた帽子は、彼女の華やかな美貌を引き立てていた。

「今回は、孫娘を連れてきました」

「それでは、とりあえず中へ。そこで改めてご紹介をお願いします」

侯爵はそつのない言葉をかけて、伯爵未亡人をエスコートする。

主が一番に気を遣うべきなのは、身分の高い女性だ。ここでは伯爵未亡人がそれに当たるので、華やかな美人には目もくれない。

成り行きを見ていたシリルは不安になったが、若い女性はまったく動じた様子を見せずに、祖母のあとを歩いていく。

出迎えが終わり、集まっていた使用人たちは、さっと持ち場に向けて散っていった。

一緒にグランドホールに入ったのは、シリル自身と執事、家政婦長、侯爵付きの従者オーウェン、そしてお客の担当となるベテランのメイドふたりだった。

グランドホールに隣接する応接間で、シリルは改めてふたりに対面した。

「侯爵、これが私の孫娘のサラよ？　ケインズ男爵の次女。もうすぐ二十一になるの。いかが？　私の孫にしては美人でしょ？」

伯爵未亡人はさりげなく孫娘を前へと押し出しながら言う。

「スワン城へようこそ、レディ・ケインズ。お目にかかれて光栄です」

サラ・ケインズ男爵令嬢は、気取った様子で手を差し出した。

侯爵はそっとその手を取って、甲に恭《うやうや》しく口づける。

サラは美しい面に、満足そうな笑みを浮かべた。

金茶色の髪が赤い帽子から覗き、緑色の瞳がきらりと輝いている。

この美しい女性なら、侯爵のお相手に相応しいのではないだろうか。美しさも身分の高さも、申し分ないように思う。

そして、そう思う反面で、シリルは何故か胸の痛みも感じていた。

「レディ・コート、レディ・ケインズ。私のほうも紹介したい人がいるのです。シリル、こちらへ」

侯爵に呼ばれ、シリルはどきりとなった。

操り人形のようにぎこちない動きで、長身の侯爵のそばまでいく。

するりとウエストに手がまわり、シリルはそっと引き寄せられた。

「こちらはシリル・フレミング。私の婚約者です」

侯爵がさらりと告げたとたん、その場の空気が凍りつく。

伯爵未亡人と男爵令嬢のきつい視線がいっせいに突き刺さってきた。

老女はさもいやそうに眉をひそめ、孫娘のほうはもっときつく睨《にら》むようにシリルを見つめてきた。

頭の天辺から爪先《つまさき》まで、子細に観察され、そのあと絶対に納得いかないといったような表情になる。

いくらドレスを着て化けたところで、シリルはもともと平凡な顔立ちだ。何故こんな田舎臭い娘が侯爵に見初《みそ》められたのか、不思議に思うと同時に、腹立たしくてならないのだろう。

けれども好戦的な気分でいたのは、侯爵も同じだった。

ぐいっとシリルの腰を引き寄せて余裕の笑みを浮かべる。

「レディ・コート、レディ・ケインズ。どうぞスワン城での滞在をお楽しみください。それではまた、ディナーの時に」

言い終えた侯爵は、出迎えの行事はこれで終わりとばかりに、シリルの腰を抱いたままで、きびすを返す。

シリルは背後から見つめる視線を痛いほど感じて、ぶるりと背筋を震わせた。

グランドホールに戻ると、侯爵の手はすぐに腰から離れる。

「ディナーまでに片付けたい仕事がある。バートン、シリルのことはおまえに任せる」

「かしこまりました」

恭しく答える執事にシリルを預け、侯爵は美青年の従者ひとりを伴って書斎に向かう。

「ではシリル様、お部屋まで私がお供させていただきます」

しっかりと演技を続ける執事に、シリルは内心でため息をつきながら従った。

†

部屋に戻ると、何故か執事のバートンがお茶を運んでくる。

「すみません、わざわざ」

「メイドたちはほとんど全員、レディ・コートに呼びつけられているので、今は私しか手が空《あ》いていなかった」

執事はいつもどおり、優雅な所作で紅茶を注ぐ。

カップを受け取りながら、シリルはかすかに眉をひそめた。

「全員でかかりきりになっているのですか？」

「ご自分でお連れになったメイドでは足りないらしい。しかも、ご自分のやり方にこだわりを持っておられる方なので、要求した仕事をこなせる者を端から試されているのだ」

「全員を試す……？」

伯爵未亡人は客の立場であるにもかかわらず、スワン城の使用人を支配しようというのだろうか。それだけの権力の振るう人だからこそ、侯爵も面と向かって断りきれないのかもしれない。

気を取り直してお茶をひと口飲むと、執事が再び声をかけてくる。

「シリル、様」

「あ、はい」

「レディ・ケインズはなかなかの強敵のようです。シリル様ももう少し、女らしい仕草をされたほうがよいかと……」

「あの、お茶の飲み方、どこかおかしかったですか？」

「いえ、お茶の飲み方は、まったく問題ありません。ご注意したかったのは、侯爵と並んでおられる時の立ち位置です。私がお教えしますので、立っていただけますか？」

執事の言葉に、シリルはカップを置いて立ち上がった。

今までにも、執事から演技指導を受けている。

「侯爵が腕を出されたら、そっとつかまるだけではなく、一度しがみつくようになさるとよいでしょう。こんなふうに、ですね」

執事は架空の侯爵に縋るような格好をしてみせた。

「あまり長い間はいけません。そうですね、三秒ほどしがみついて、あとは普通に戻します。その時、真っ直ぐ前を向くのではなく、身体を少し侯爵のほうに向けてください。ほんの少しですよ？　やりすぎると下品になりますから、……こんな感じですね」

シリルは所作を習いながら、つくづく不思議な人だと思っていた。

バートンは厳つく真面目くさった見かけどおり、誰よりも厳格にスワン城の使用人を束ねている。なのに、今の執事はまったく別の人物のようだ。

「あの、バートンさんは、どうしてこんなことまでご存じなのですか？」

シリルは思ったままに、自然と訊ねていた。

すると執事は、一瞬どきりとしたような顔になる。そして、こほんとひとつ咳払いをしてから、口を開いた。

「これは誰にも言わないでほしいのだが、実を言うと、私はかつて役者を目指していた時期があるのだ」

「えっ、役者……ですか？」

「ああ、そうだ。残念ながらこのご面相なので、ものにはならなかった。それで仕方なく奇術師の助手をしていたところを、先代の侯爵に拾われたというわけだ」

シリルは心底驚いて、しばらくは声も出なかった。

「家政婦長はうすうす気づいているが、侯爵はご存じない。くれぐれも内密にな？」

「……は、い……」

おどけたように片目を瞑られて、シリルは思わず微笑んだ。

厳格な執事が見せた思わぬ一面に、緊張がほぐれる気がした。

役者志望だった。そして奇術師の助手をしていた。だからこそ、侯爵のために偽者の婚約者を仕立てることを思いついたのだろうか。

「とにかく、レディ・ケインズは強敵だが、負けるな。おまえならきっと勝てるから」

「バートンさん」

くいっと親指を突き出してみせた執事に、シリルはとうとう声を立てて笑ってしまった。

勝ち負けとか、そういう問題ではないと思う。

侯爵が気持ちよく毎日を過ごせるように――。

スワン城の皆が願っているのはそれだけだし、シリルもその一員として頑張りたかった。

†

シリルは決意も新たに、その夜のディナーに臨んだ。

テーブルマナーは徹底して叩き込まれたので大丈夫だと思うが、洗練された会話というのは自信がない。

それでも精一杯やってみるしかなかった。

スワン城のダイニングには、伯爵未亡人と男爵令嬢の他、侯爵の友人でもある顧問弁護士、そして地元の村からもふた組の老夫妻が招かれていた。

真っ白なクロスがかけられた長方形のテーブルには、銀器とクリスタルのグラスが並び、ところどころに可憐な薔薇のブーケも置いてある。

スワン城の調理人が腕を振るった前菜やスープが、黒の燕尾服を着た従僕の手で次々と運ばれてくる。エキゾチックな顔立ちの従者が、その料理を各自に取り分け、また料理に合う葡萄酒《ぶどうしゅ》を注いで回っているのは、とびきり真面目な顔をした執事だった。家政婦長の姿は見えないが、出口近くで料理を運んでくるメイドに色々と指示を与えているはずだ。

伯爵未亡人は裾を大きく膨らませた深緑色のドレス。孫娘のサラは、大胆に胸元がくれた真紅のドレスを着ていた。コルセットをつけた腰が、折れそうなほど細く、化粧も完璧で、皆が向ける賞賛の視線を、当然といったように受け止めている様子だった。

侯爵は黒に近い濃紺の燕尾服姿で、優雅に葡萄酒を口に運んでいる。純白のシャツは襞の数が控えめで、光沢のあるチョッキとしゃれたタイを合わせていた。

理知的で整った顔に目がいくと、条件反射のようにドキドキする。頬まで赤くなっては困るので、シリルは料理を上品に口に運ぶことだけに神経を集中させていた。

コンソメスープの皿が下げられた時、シリルの向かい側に座った伯爵未亡人が、ふいに話しかけてくる。

「ところで、シリルさんとおっしゃったかしら？　あなたはどちらのお生まれですの？　スチュアートが婚約しただなんて、初めてお聞きしたので、驚いてますのよ？」

名指しで問われ、シリルはぎくりとなった。

経歴については事前に打ち合わせてあるが、すぐには答えられなかった。

「シリルの両親は、シリルが生まれる前からフランスで暮らしているとのことです。娘を英国に行かせるにあたって、我が友人のトーマスが後見を引き受けました。私が彼女と知り合ったのも、トーマスを介してです」

「あら、そうですか。トーマス、あなたのお父上とは、このスワン城のことについて、よくお話しさせていただいてましたけれどね」

伯爵未亡人はそう言って、やんわりとスワン城の顧問弁護士を睨む。

だが、侯爵とは学生時代から友人だというドイル弁護士は、少しも動じずに批難の視線を撥ね返した。

「父は引退してからというもの、暇を持て余し困っている様子です。よろしければ、倫敦の屋敷をお訪ねいただけませんか？　レディ・コートにお目にかかれれば、父はさぞ喜ぶことでしょう」

顧問弁護士は如才なく答える。だが、引退した父親はスワン城の経営にはかかわりないと匂わせるような言い方だ。

「それにしても、どういう階級の方なのか……」

伯爵未亡人はひとり言を呟くように言う。

面と向かって問えば、マナーに反するので、わざと聞こえるように言ったのだろう。

「レディ・コート。いずれにしても、これは私の結婚問題ですので」

「あら、侯爵の結婚だからこそ、気になるのではありませんか。あなたは伝統あるスワン城の当主として、立派にやっていかねばならない立場です。夫人となる方も、きちんと社交界で認められるような女性でないとね」

伯爵未亡人の言葉に、侯爵はにやりと口元をゆるめる。

「私もご意見には賛成です。だからこそ、シリルを選んだのですから」

やり込められた伯爵未亡人は、鼻白んだように黙り込む。

「この葡萄酒は美味《うま》いな。ここの執事はいつもよい葡萄酒を選んでくれる。君が羨《うらや》ましいよ、スチュアート」

気まずい空気をやわらげるように、顧問弁護士が口を挟む。

「私もこちらの晩餐会は、先代がご存命の頃から、いつも楽しみにさせてもらっております。葡萄酒だけではなく、料理も素晴らしい」

恰幅《かっぷく》のいい紳士がそう相づちを打ち、さしもの伯爵未亡人も攻撃の手をゆるめる。

だが、男爵令嬢サラだけは、刺すようにシリルを見つめてきた。

積極的に会話に加わることはなかったものの、シリルを邪魔だと思っているのは明らかだ。

背筋がひやりとするような感覚に襲われて、シリルはこくりと喉を上下させた。

†

「あの婆《ばあ》さん、相当なものだな。親父《おやじ》も大概苦労していたようだが……」

エールの入った銀杯を手にしたトーマスが、皮肉っぽく肩をすくめる。

毛織りの長い上着とチョッキを合わせ、首に絹のスカーフを巻いている。頭に被っているのは高さのある帽子。そして片眼鏡という格好だ。

対するスチュアートのほうも、同じように野外向きの一式を身につけている。トーマスの上着は焦げ茶の格子柄だが、スチュアートのほうは上着が黒で、ズボンに細かな格子柄が入っている。帽子のデザインにも若干の違いがあった。

「身内に相談もなく、勝手に結婚を決めるのは間違っている。侯爵としての体面を考えろ。妻は同じ貴族階級から選ぶべきだ……いい加減、耳にたこができたぞ」

スチュアートは友人に向かい、盛大にため息をつく。

伯爵未亡人と孫娘が城にやってきて三日が経った。

偽者の婚約者を仕立て、そちらの出る幕ではないと見せつけたにもかかわらず、スチュアートはまだふたりの女性からの攻撃を受け続け、うんざりしているところだ。

天気がいいのでピクニックを楽しもう。

そういう話になって、皆で紅葉が進む森に出かけてきた。

大勢の使用人が事前に用意したテーブルの上には、山ほどの料理の皿が載せられている。

葡萄酒やエールも飲み放題というわけだ。

婚約者役を頼んだシリルは、伯爵未亡人につかまっていたが、そばには家政婦長と執事がついている。なのでぼろを出す心配はなかった。

女性陣の話に辟易《へきえき》したスチュアートとトーマスは、男同士でエールを飲むと、テーブルから離れた場所に椅子を並べて腰かけていた。

森の木々の隙間から、白鳥が泳ぐ湖が見えている。

「それにしても、今回のことを思いついたのはバートンなんだろ？　ずいぶん面白いやつだな。君もそう思うだろう？」

トーマスが話を振ったのは、スチュアートの従者を務めるキリト・オーウェンだった。

「バートンさんは、非常に有能な方でいらっしゃるので……」

後ろに立ったオーウェンは控えめに答える。

異国の血を引いているとかで、漆黒の髪と黒曜石のような瞳を持つほっそりした美青年は、スチュアートとトーマスの後輩にあたる。

人づてに仕事を探していると聞いて、スチュアート自身が城に誘った。ゆえにオーウェンはスワン城の使用人の中では新参だ。

「だが、あのシリル……あれはほんとに掘り出し物だったな」

「おい、あれでも私の許嫁だぞ。滅多な言い方はするな」

スチュアートは口元をゆるめながら、親友に抗議した。

「最初見た時はとても信じられなかったぞ」

「まあな。私も驚いた」

下僕見習いの子を婚約者に仕立て上げる。

スチュアートは、執事のとんでもない策に乗ったことを後悔しつつ、様子を見に行った時のことを思い出した。

清純そうな娘がうっすら頬を染め、青灰色の目で縋るように見つめてくる。

スチュアートは柄にもなくドキリとなった。

聞けば、偽者の娘の正体は、あの欲深な下僕見習いだという。どうせ、礼金に目が眩《くら》んで引き受けたのだろうと、不快な気分にもなったが、仕上がりは上々だった。

もともとほっそりしているうえ、声の質も高いほうだ。昨今のドレスは鯨《くじら》の骨で裾がやけに膨らんでいるし、胸には詰め物もしているのだろう。喉元を覆うデザインのドレスを選んでいるので、よほどのことがない限り、男だとばれないはずだ。

「あの子はどことなくアネットに似ているな……」

何気ない呟きに、スチュアートはひくりと眉根を寄せた。

「別に……似てないだろう」

「いや、雰囲気が似ている」

「そうは思わんが……ところで、例の改革案はその後、どんな調子だ？」

スチュアートはさりげなく話題を変えた。

トーマスはスチュアートの気分を察したように、ひとつ息をついてから、領地の小作人のことについて話し出す。

侯爵家の広大な領地では、多くの小作人が小麦を作り、牛と羊を飼っている。そこから上がる収益が、スワン城を維持していくための財源となっているのだ。

しかし、昔からのやり方を踏襲しているだけでは、はなはだ効率が悪い。へたをすれば赤字という状態なので、小作人たちのためにも早急に改善が必要だった。

トーマスは時折エールで喉を湿らせつつ、改善案を並べていく。優秀な弁護士の助言に、スチュアートは熱心に耳を傾けた。

従者のオーウェンは邪魔にならないように、直立不動のまま背後で控えている。

そうしてしばらく経った時、男爵令嬢が遠慮がちに声をかけてきた。

「スチュアート、少しよろしいかしら？　ご相談があるんですけど……」

金茶色の髪を結い上げ、レースをあしらった帽子を被ったサラは、憂いがちなため息をつく。裾の膨らんだドレスは濃いピンクと白のデザインで、白い胸元が覗いていた。

つんと高い鼻、肉感的な唇に、意志の強そうな緑色の瞳。サラ・ケインズの美しさは申し分のないものだ。

「なんでしょう、レディ・ケインズ？」

スチュアートは礼儀正しく椅子から立ち上がりながら、訊ね返した。

「こちらではちょっと……」

ふたりきりで話がしたいと、見え透いた手だ。しかしスチュアートは好きにさせてみることにした。

「少し歩きましょう」

「ありがとう」

トーマスに目で合図して、それからサラと肩を並べて湖の方角に歩き出す。

しばらくして、サラはまた悩ましげなため息をついた。

「こんなこと、ご相談していいか、迷ったのですが……」

「なんですか？」

訊ねてやると、サラは縋るように見つめてきた。

「私、大切な首飾りを落としてしまったんです」

「首飾りを、ですか？」

「ええ、ケインズの祖母が私の誕生日に贈ってくれたもので、小さいんですけど、真珠が二連になって間にダイヤをあしらってある素敵な首飾りです」

サラの説明を聞いて、スチュアートは眉をひそめた。

女性の装身具になどさして興味はないが、そのデザインはどこかで見たことがある気がする。

「シリルが……拾っているところを見てしまって」

「シリルが？」

「ええ、私、庭を散歩していた時に首飾りを落としたんですわ。留め金がゆるくなってたみたいで……それで首飾りを探していた時、ちょうどシリルを見かけて……彼女、拾ってくれたんです。少し離れていたので、わかりにくかったんですけど、間違いなく私の首飾りだと思うんです。だから、私は安心してて……でも、待ってたけど、返してもらえなくて……メイドにもそれとなく言っておいたんです。庭で真珠の首飾りを落としたって……だから、私のものだとわかるはずでしょう？　でも、シリルは返しにきてくれなかった。それで、今日、彼女が私の首飾りをしているのを見て、すごく悲しくなってしまって……」

サラは唇を震わせ、目尻に涙を溜めていた。

これはシリルを陥れるための罠《わな》だ。見え透いている。

だが、シリルを泥棒だと決めつけるような展開は放置しておけない。

「私のほうからシリルに確かめてみましょう」

「そうしていただけますか、スチュアート？　私、シリルを疑ってるとかじゃないんです。ただ、大切なものだから、返してもらいたいだけなんです。シリルのことを悪く思ったりしてませんから、それだけはわかってくださるわね?」

巧妙な言い回しに、スチュアートは内心で嘆息した。

「レディ・ケインズ、お気持ちはよくわかりました」

「スチュアート……私のことはサラと呼んでください。レディ・ケインズだなんて、いつまでも余所余所《よそよそ》しくて、いやだわ」

「わかりました、サラ」

「あの、スチュアート……私はあなたのことをお祖母様《ばあ》からお聞きして、色々と想像してたんですの。それでお目にかかった時、びっくりして、もう本当に、心臓が破裂してしまうのではないかと思うほど、ドキドキしました。私、今とても苦しいんです。だって、あなたのことが」

「サラ、それ以上は」

スチュアートはやんわりと言いつつ、首を左右に振った。

するとサラは、どっと涙を溢《あふ》れさせて、おまけに気絶でもしたかのように身を投げかけてくる。

これにはスチュアートもとっさに手を出して、サラを抱き留めずにはいられなかった。

「ご気分が悪くなりましたか?」

「いいえ、違うのよ」

サラはぎゅっとしがみついてくる。

だが、スチュアートは断固として告げた。

「顔色が悪い。あちらで休んだほうがよさそうです」

有無を言わさず肩を抱いて、皆のいる場所まで強引に歩かせる。

これ以上親密にしているところを、皆の視線にさらしたくない。特に伯爵未亡人に見咎められては大問題になる。孫娘を傷物にする気かと、それを盾《たて》に結婚を迫られてはたまったものではない。

スチュアートはサラをテーブルまで送り、そのあとでシリルに声をかけた。

「シリル、少し話がある」

「はい」

シリルはほんのり頬を染めた。

無垢《むく》な娘が婚約者に話しかけられて、はにかんでいる。シリルの風情はまさしくそれだ。

この子は天性の役者だ。下僕ではなく、役者になったほうが成功するかもしれない。

スチュアートは半ば本気でそんなことを思いながら、シリルに腕を差し出した。

おずおずと、ぎこちなく手を預けてくる風情も申し分ない。男だとわかっていても、自然と保護欲が刺激された。

だが、その時、ふと目に留まったのは、薄いレースの立ち襟の上につけていた首飾りだった。短めの二連の真珠の真ん中にダイヤの飾りがあしらってある。

まさしくサラが語ったものと同じ意匠だ。

「シリル、その首飾りはどうしたのだ？」

「あ、この真珠の首飾りは、レディ・ケインズがお貸しくださったんです。今日のドレスには、真珠が似合うからと……あの、いけなかったでしょうか」

唇を震わせたシリルの答えを聞いて、スチュアートは眉をひそめた。

怖がっているように見えるのは、自分でも悪いことをしたと思っているせいか？

一瞬、そんな疑いに囚《とら》われる。

「レディ・ケインズは、その首飾りを庭で落としたそうだ。君が拾ってくれたのは確かなのに、返してくれないと言ってきた」

「そんな……っ」

シリルはいっぺんに青ざめた。

この驚きようは、どう解釈すべきだろう？

サラの言ったことが本当で、シリルは嘘《うそ》をついているだけか？

けれども、小刻みに震える様子を見ると、とても嘘を言っているとは思えない。

「今は人目が多い。だから夕方、城に帰ってからでいい。その首飾りは、レディ・ケインズに返しなさい」

「わかり、ました」

シリルは小さく答えて、きゅっと唇を噛みしめた。

スチュアートは、今すぐシリルに口づけて慰めたい。そんな衝動に駆られた。

けれどもゆるく首を振って、その衝動を抑える。

シリルはやはり、天才的な役者だ。本当に、ここまで無垢な少女の役を演じられるとは思わなかった。

「真珠の首飾りが欲しいなら、私が贈ってやろう。だから、そんな悲しそうな顔をするな」

何気なくそう声をかけると、シリルははっとしたように青灰色の目を見開く。

「ぼくは別に、首飾りなんて……」

傷ついたような顔をされ、スチュアートはちくりと胸に痛みを感じた。

だが、この子は決して見かけどおりじゃない。

「おまえはなんのためにこの役を引き受けた?」

「ぼくは、侯爵のために……いえ、バートンさんからそう頼まれて……」

シリルは何故か頬を染めながら答える。

必死な様子を見て、スチュアートの中には再び迷いが生じた。

「おまえがこの役を引き受けたのは、お金のためじゃないのか?」

「えっ、お金?」

「おまえの働きには、正当な報酬を与える義務がある。おまえだって、高額な報酬が支払われることは最初から承知だろう？」

「そんなの、知りません」

シリルはふるふると首を左右に振った。

「まさか、知らないはずがない。当然のことだ。それに私はこの件に関して、金をけちるつもりもない」

「ぼく、知りませんでした」

「だが、おまえは人一倍、金に執着しているはずだ。そうだろう？」

スチュアートは苛立ちとともに吐き捨てた。

「な、何をおっしゃっているのか……」

あくまで言い張るシリルに、スチュアートは思わず華奢《きゃしゃ》な肩をわしづかんだ。

「おまえは高額な年金を要求してきた。そのくせ金に興味がないなどと、言い張るのか？」

「年金？　それは、なんの……」

シリルはそう言いかけ、途中ではっとしたように息をのんだ。

見る見るうちに顔が青ざめていき、スチュアートはさらに苛立ちに襲われた。

この反応は、自分の欲深さを認めた証拠だ。

だが、あくまで純真で傷ついている様子を見せるシリルに、何故かふいに凶暴な気持ちが噴き上がってきた。

「シリル。私はおまえに正当な報酬を支払う。だが、おまえもその報酬に見合った役目を果たせ」

スチュアートは冷ややかに言い、ぐいっとシリルの肩を抱き寄せた。

細いシリルは簡単に腕の中に収まる。

そしてスチュアートは震えているシリルに、噛みつくように口づけていた。

「んっ、……ぅん」

いきなり深く舌を挿し込んで淫らに絡ませると、シリルはいやがって必死に腰をよじる。

それを許さず、スチュアートは容赦なく甘い唇を貪った。

ピクニックの参加者は、皆、遠くでこの顛末《てんまつ》を眺めていることだろう。

しかし、シリルの役目は婚約者を演じること。

だから、これはおあつらえ向きの展開だった。

5

漆黒の闇の中、スワン城は優美な貴婦人のような姿を浮かび上がらせていた。

城の窓という窓から、惜しみなく灯《とも》された燈火の光がこぼれ、美しい宝石が輝いているようにも思える。

スワン城の主が代替わりして、初めて催される舞踏会とあって、近隣の名士だけではなく、遠くからも大勢の貴族が招かれていた。

メインとなっているのは、城内の舞踏室だが、そこだけでは客が溢れてしまうので、広いグランドホールやロングギャラリー、そして庭園にも着飾った人々が集《つど》っている。

舞踏室では小編成のオーケストラがひっきりなしに楽の音を響かせ、山盛りの料理やありとあらゆる酒類を載せたテーブルも、あちこちに用意されていた。

シリルは白に水色と薄いピンクのリボンをあしらった、斬新なデザインのドレスに身を包んでいる。

実を言うと、舞踏会が始まる前に、男爵令嬢とひと悶着《もんちゃく》があったのだ。

最初、舞踏会用に用意されていたのは、華やかなピンクのドレスだった。裾をたっぷり膨らませたものだ。しかし、念入りな準備が終わった頃、シリルの部屋に突然男爵令嬢が顔を見せた。

サラはメイドたちにお茶を用意させ、カップを持ったままでシリルのまわりを巡り歩いた。

「なんとなく野暮ったいわ」「もっとコルセットを締めたほうがいいのではなくて？」などと、もっともらしい忠告をしながら、その途中で、盛大にお茶をこぼしたのだ。

「まあ、大変。なんてこと……ごめんなさいね、シリル。悪気はなかったのよ？　よければ私のドレスをお貸しするから、誰か取りに寄こしてね？」

サラはにやりとほくそ笑みつつ、シリルの部屋から引き揚げていった。

どう見ても、紅茶をこぼしたのはわざとだ。

キティとエバは顔を赤くして憤慨し、さっそく家政婦長に報告がいく。接客で忙しい最中に、わざわざ新しいドレスを届けてくれたのは執事だった。

それが、今シリルが着ている最新流行のスタイルのドレスだった。スカートの前部分の膨らみがほとんどなくて、後ろのみがふんわりとなっている。すっきりとしたスタイルは、シリルのほっそりした姿を、より美しく見せていた。蜂蜜色の髪に付け毛を足し、境目を目立たなくするようにリボンを飾りつけている。

ちらりとシリルを見た男爵令嬢は、悔しげな顔をしていたが、シリル自身はため息をつくしかなかった。

ただ新しいスタイルのドレスのほうが、ダンスの時、いくぶんまごつかずに済むだろうと思うぐらいだ。

そのダンスが始まり、最初に侯爵と踊ったシリルは一躍人々の注目を浴びた。

婚約者だと紹介されたあとも、色々な男性からダンスの申込が殺到する。

それを適当に捌《さば》いてくれたのは、弁護士のトーマス・ドイルだった。

「残念ながらスチュアートは挨拶回りで忙しい。君の面倒は後見人たる私が見よう」

侯爵に負けないほど長身の弁護士は、片眼鏡をかけた顔にやわらかな笑みを浮かべる。

夜会用の礼服を着た姿も見応えのある人物だ。

「ありがとうございます」

シリルはトーマスが選んだ相手と、カドリール、ポルカを踊って義務を果たした。

ワルツがかかった時は、さりげなく舞踏室の隅に移動する。

ちょうど侯爵がサラの手を取って、中央で踊っていた。素晴らしい組み合わせに、会場からため息が漏れている。

シリルはふたりが踊る姿を見て、何故か胸の奥がしくしくと痛んだ。

男爵令嬢には少し意地悪なところもある。けれどもふたり並んだ姿は、とてもお似合いに見えた。

「どうした？　浮かない顔をして」

「あ、なんでもないです」

後見役のトーマスに訊かれ、シリルは慌てて微笑みを浮かべた。

男爵令嬢と踊る侯爵が気になっていたなどと、知られるのは恥ずかしい。

「バルコニーに出て、新鮮な空気でも吸うか？」

トーマスはそう言って、さりげなくシリルをバルコニーへと連れ出す。

バルコニーから臨む庭にも多数の灯りが灯され、カップルがそぞろ歩いているのが見える。

「君は本当に健気《けなげ》な子だな」

「え？」

にこやかな顔で見つめられ、シリルは思わず頬を染めた。

「君のように可愛らしい子に思われて、スチュアートが羨ましくなるよ」

「そんな……私は……」

これは役柄を演じての言葉だ。だから、必要以上に気にしないほうがいい。

そうわかっていたけれど、シリルの鼓動はドキドキと高鳴っていた。

「シリル、もし何か困ったことがあるなら、私が手助けしよう。私は君の後見人。だから、なんでも相談すればいい」

「でも……」

「私は心からそう思っている。君がたとえどんな人であろうとね」

トーマスは静かに告げ、さりげなくシリルの肩に手を置いた。

が、その時、いきなり背後に現れたのは、不機嫌な顔をした侯爵だった。

「トーマス。シリルは私の婚約者だ。たとえ後見人であろうと、気やすく触れてもらっては困る」

侯爵はトーマスの手を乱暴に払い除《の》け、シリルをしっかりと抱き寄せた。

トーマスは呆れたように肩をすくめる。

「私は君の婚約者を守っていただけだ。しかし、まあいい。すっかり邪魔者になってしまったようだから、退散しよう。だがスチュアート、これは貸しだぞ？」

トーマスは皮肉たっぷりに言って、きびすを返す。

ふたりきりにされて、シリルの心臓はますます高鳴った。

「シリル。おまえには私という婚約者がいるのだ。他の男と馴《な》れ馴れしくするな」

侯爵の怒りにさらされて、シリルは青灰色の目を見開いた。

侯爵は本気で気分を害しているように見える。とても演技とは思えない。

「黙っていてはわからん。おまえは私の婚約者。だから、他の男に目を向けることは許さん。いいな？」

再度告げられて、シリルはこくりと頷いた。

侯爵はようやく口元をゆるめて、見つめ返してくる。

腰をぐいっと引き寄せられ、そのあと形のいい唇が近づいて、シリルは抗議する暇もなく口づけられた。

「んっ、……ぅ」

いくらバルコニーでも人目がある。

だから恥ずかしくて、もがいたが、侯爵の腕はゆるまない。それどころか首筋に手を当てられ、くいっと上を向かされて、さらに深く口づけられた。

「うぅ、……んぅ」

口づけられるのは初めてじゃない。

でも、するりと舌が入れられると、どうしていいかわからなかった。

侯爵の舌が淫らな動きをするたびに足から力が抜けてしまう。そして、身体の芯《しん》がじわりと熱を帯びた。

口づけがこんなにも甘く、蕩けるような感覚を呼び覚ますとは、今まで知らなかった。

「うぅ……ん、く……」

くちゅりと濡れた音が耳につき、さらに羞恥が増す。それでも侯爵は口づけを続け、シリルはぐったりと逞しい胸に縋るだけだった。

「……ぅ、ふっ……ん」

散々貪られたあと、侯爵は唐突に唇を離した。

すぐには息が整わず、シリルは薄い肩を上下させる。

侯爵は赤く火照《ほて》ったシリルの頬に、そっと掌《てのひら》を当ててきた。

「目が潤んでいる。ようやく恋人らしい顔になった」

「……っ」

恥ずかしいことを言われ、シリルは視線を泳がせた。

それでも侯爵の手は腰に回ったままで、その場から逃げ出すことさえできない。

「もう少し、演技をしてもらおうか」

冷ややかに声をかけられて、シリルはびくりとすくんだ。

「またワルツが始まる頃だ。仲のいいところを見せておかないと、承知しない女性陣がいるからな。おまえも報酬を受け取る以上、最後までしっかりやり遂げろ」

今の口づけですっかり足から力が抜けた。こんな状態でダンスのステップを踏む自信はなかった。それなのに、いくら縋るように見つめても、侯爵は冷たい表情を張りつかせているだけだ。

「さあ、行くぞ」

シリルは侯爵の手で抱きかかえられるようにして、舞踏室に戻ることになった。

楽の音が響く広間では、大勢の人がダンスを楽しんでいたが、侯爵とシリルに気づくと、フロアの真ん中にさっと空きができる。

「楽にして、私に身体を預けていればいい。練習しただろう？　おまえなら大丈夫だ。ちゃんとできる」

侯爵が耳に口を寄せて、ひっそりと囁《ささや》く。

シリルはまた赤くなってしまったが、今の言い方は先ほどとは違って優しかった。

それに、皆の視線が集まっているなかで、おかしな行動を取るわけにはいかない。だから、こくりと頷いただけで、身体の力を抜いた。

オーケストラが優美な円舞曲を奏で始め、侯爵がすっとステップを踏む。

シリルはただその動きに身を任せているだけでよかった。

スカートの前部分に膨らみがないため、侯爵との密着度が増す。

そしてほんのり頬を染めながら、懸命に侯爵に縋っているシリルの姿は、多くの客の目に留まった。

魅力的な独身男性を他の女性に取られ、悔しげにハンカチを嚙む令嬢と、その母親たち。

そして、純真無垢そうな婚約者を抱いて踊る侯爵を羨む男たちだった。

華やかな舞踏会での、最高の見せ場。

けれどもシリルは、それを演じている自覚もなく、ただ侯爵に縋っているだけだった。

†

舞踏会が大成功に終わり、その翌日には有志を集めての狩猟が行われた。

男性陣はほぼ全員参加。女性は希望した者だけが、馬に乗って領地内の狩り場へと出かけていく。

厩《うまや》では、この日のために、多くの馬が飼われており、その他に、犬舎で訓練を受けている狩猟用の犬たちも、大量に狩りに投入された。

男爵令嬢はしゃれた乗馬服に身を包み、さっそうと騎上の人となっている。

シリルは使用人たちとともに、狩りに出かける人々を見送った。

そばでそわそわした様子を見せているのは、クイーンだ。

――私たちも一緒に行こうよ。

そう言いたげに、シリルの手を舐めてくる。

「クイーン。おまえは狩りの訓練を受けていないから、お留守番だよ？　私と一緒に、大人しく侯爵のお帰りを待っていようね」

シリルはクイーンの首を撫《な》でてやりながら、宥めるように言い聞かせた。

「クゥーン」

クイーンは悲しげな声を上げたが、シリルのそばで大人しくお座りをしている。

侯爵と、顧問弁護士、そしてふたりに付きそう従者のオーウェンは、狩りに出かける人々の中で、一番素敵に見えた。

今日は狐狩りではなく、鴨猟《かもりょう》とのことだが、遊びで生き物を狩るという行為は、正直言って、あまり好きにはなれない。だから、きちんとした乗馬の訓練を受けていなかったことは幸いだった。

「それでは、出発しよう」

侯爵がとおりのよい声で皆に号令する。

隣でクイーンが、注意を促すように、ウオンと声を上げた。

その声を合図に、侯爵がふと振り返り、シリルをじっと見つめてくる。

シリルはふいに昨夜のキスを思い出し、鼓動を高鳴らせた。恥ずかしさもぶり返して、視線をそらしてしまいたかったけれど、それができない。

婚約者の大役は、あと数日で終わりになる。唐突に脳裏をよぎった考えに、胸が締めつけられたように痛くなった。

甘く蕩けるように口づけられたけれど、あれはあくまで演技のうちだ。

大役が終われば、シリルはただの下僕見習いに戻る。懸命に働いて階段を上っていったとしても、侯爵に直接声をかけていい地位につくまで、この先、何年かかることか……。もしかしたら、何か大失敗をしでかして、一生下働きのままかもしれないのだ。

シリルは無意識に一歩前へと進み出た。

だが侯爵は、そんなシリルに背を向けて、馬の腹を軽く蹴る。

狩猟組が勢いよく駆け出していったあと、シリルは深くため息を吐き出した。

†

見送りを終えたシリルは、女性たちが集まっている居間へと向かった。

留守番する夫人たちが、おしゃべりをしているはずだ。シリルの立場は婚約者だったが、これも社交では重要なことなので、無視するわけにはいかなかった。

居間は女性の客が専用にすることが多く、温かみのある壁紙が貼られ、据えられた調度も重厚さより華やかさが重視されている。部屋のところどころに、素晴らしい陶器の花入れが置かれ、温室で栽培されている薔薇が惜しみなく生けられていた。

シリルが居間に来たことに気づかず、年配の女性たちは甲高い声で噂話《うわさばなし》を続けている。

「ですからね。侯爵は、サラに強力な求婚者がいると誤解したのだと思うの。こう言ってはなんですが、侯爵はお育ちが少しね……ですから自信がなかったのではないかしら。直接訊ねてくれれば、なんでもないと教えられたのですけどね。まあ、まるで当てつけるみたいに、婚約を決めてしまって」

大きな声で遠慮もなく話しているのは、伯爵未亡人だった。

「しかも、どこといって取り柄もない、あんな娘とでしょう。昨夜、あの娘が着ていたドレス、ご覧になりました？　本当に下品で、驚いてしまいましたわ。私がどれほどがっかりしたことか、皆さんにはおわかりにならないわ。……なんと言っても、この城は生まれた場所ですからね。孫娘がここの女主になってくれれば、私ももっと頻繁にこちらへお邪魔して、皆さんともっとおしゃべりが楽しめたのに……。ですからね、サラに言ってやったんですのよ？　男性にはへんな見栄があるのだから、あなたがもっと積極的になるべきよって。だって、スチュアートを嫌いじゃないなら、目を覚まさせてあげないと……あんな娘と結婚して、彼がみすみす不幸になるのは、私だって見ていられませんもの」
　取り留めなく続く話に、シリルは怒りを覚えた。

　自分が悪く言われたからではない。釣り合わない娘と婚約したからと、侯爵のことまで貶める内容だったからだ。

　幸い、五人ほど揃っていた夫人のひとりが、シリルに気づき、慌てたように伯爵未亡人に目配せする。

「いったい、何をなさっているの？」

　伯爵未亡人はそう言って、ようやく居間の出入り口へと首を巡らせた。

「あら、あなた、そこにいらしたのね？」

　散々悪口を言っていたにもかかわらず、さして悪びれた様子もない。

　これが上流階級の貴婦人のやり方かと思うと、シリルはがっかりした。

でも、これには侯爵の名誉もかかっている。だから、見過ごして退散するつもりはなかった。

「殿方は無事に出発なさいました。お話が弾んでいらしたようですね？　私も皆様と親しくさせていただければと思っていたのですが、失礼したほうがよさそうです。侯爵は立派な方です。つまらない噂話のせいで、ご自分がお決めになったことを変えたりはなさらないと思います。では、皆様、ごゆっくり」

シリルは毅然《きぜん》と挨拶した。

驚きに目を瞠る女性たちの中で、伯爵未亡人も思いきり顔をしかめている。

「なんと、生意気な……この私に向かって……」

伯爵未亡人の呟きを聞きながら、シリルは慌てたりせず、上品に扉まで歩を進めた。

伯爵未亡人をやり込めた形だったが、勝ち誇る気にはなれない。むしろ、この役が終わりに近いことを思い出して、気持ちが沈んだ。

伯爵未亡人も男爵令嬢も、急ぐことはないのだ。今回の役目が終われば、シリル・フレミングという娘の存在は消滅する。

しばらくすれば、侯爵だって気が変わるかもしれない。今の侯爵は、スワン城のことや領地の改革を進めるので忙しい。だから、婚約や結婚に付随することで時間を取られるのがいやなのだと思う。

いずれ、その改革が落ち着けば、侯爵だって結婚を考えるかもしれない。

そして、その時のお相手は、男爵令嬢かもしれないのだ。

そんなことを思っただけで、シリルの胸は潰《つぶ》れてしまいそうになる。

どうしてなのかはわからないけれど、ひどい寂しさに襲われ、泣いてしまいそうだった。

†

その日の午後、シリルが部屋でひとり静かに過ごしていると、赤毛のキティが来客だと知らせに来た。

「家政婦長が、こちらへお連れになります」

「えっ、ぼくを訪ねてきた人なのですか？」

驚いて訊ね返すと、キティはこくりと頷く。

「なんでも、孤児院の院長を務めておられる方だとか」

キティの言葉に嬉しさが込み上げる。だが、シリルは次の瞬間、さっと青ざめた。

「院長が……！　でも、こんな格好なのにどうしよう……」

「大丈夫。家政婦長が、先に事情を説明しておくので、心配しないようにって」

キティはシリルを慰めるように肩に手を置く。

ひとつの目標に向かって協力し合ってきたので、いつの間にか連帯感のようなものが生まれていたのだ。

キティのお陰で落ち着きを取り戻したシリルは、ふうっと大きく息を吐いた。

院長に女装している姿を見られるのは恥ずかしかった。でも、これも立派な仕事だと思えば、その恥ずかしさも耐えられる。

しばらくして家政婦長が、修道服を着た懐かしい院長を案内してきた。

背が高く痩せた院長は、鷲鼻にちょこんと眼鏡をかけている。優しげな緑の目も、赤く尖った頬も、少しも変わりなかった。

「まあ、シリル、あなたは………。こほ、とても元気そうでよかったわ」

シリルの姿を見た院長は、最初絶句したが、そのうちいつもの調子を取り戻す。

「院長先生、ご無沙汰《ぶさた》しております。今日はどうしてこちらへ？」

「倫敦の教会に用事があったのです。村へ帰る前に、あなたの様子を見ておこうと思って」

「それで、わざわざ遠回りして、来てくださったんですか？　すみません、院長。ありがとうございます。それなのに、こんな格好で……」

シリルが恐縮すると、院長は優しげに緑色の目を細める。

「ちょっと驚きましたが、大切なお仕事だそうね。それに、なんと言っていいか……その、似合ってますよ？」

シリルは思わず苦笑いを浮かべ、肩をすくめた。

「シリル様、コンサバトリーのほうにお茶の用意をさせております。院長先生をご案内して差し上げてはいかがですか？」

遠慮がちにそう声をかけてきたのは家政婦長だった。

スワン城の温室は一見の価値がある、素晴らしいものだ。

気を利かせてくれた家政婦長に感謝して、シリルは院長を温室へと案内した。

西翼に繋《つな》げて建てられた温室は広々として、色々な種類の花が咲き誇っていた。寒さが堪える季節になり、庭園の花は少し寂しくなっていたけれど、常に暖かくしてある温室は、一年中春めいている。

「素晴らしい温室ね」

花好きの院長は、ひと目見ただけで気に入って、感嘆の声を上げる。

外との仕切りは全面硝子張りで、温室にはやわらかな午後の陽射しが射し込んでいた。

温室の中央部は広場風になっており、低いテーブルと座り心地のよさそうな長椅子が据えられている。

院長と連れだって、温室の花壇をひととおり見て回ると、キティとエバがお茶を運んできた。

銀の皿に載ったサンドイッチやたくさんのお菓子を見て、院長は嬉しそうな顔になる。

「まあ、素敵」

長椅子に腰かけた院長は、渡されたお茶をひと口飲み終え、すぐにスコーンに手を伸ばした。甘いものが好きな院長は、教会での時とは違って、遠慮もなくたっぷりとクロテッドクリームを添えている。

シリルはさほど食欲がなかったので、ミルクを入れた紅茶を口にしただけだ。

キティとエバが下がっていき、シリルは改めて訊ねた。

「孤児院のほうは、どんな様子なのですか？」

だが、院長は暗い顔でため息をつく。

「残念ですけど、孤児院は近く、閉鎖することになりそうです」

「えっ、そんな……どうして？」

驚いたシリルに、院長は寂しげな笑みを見せる。

「教会からの予算、回してもらえなくなってしまったのです。倫敦へ出かけていたのは、その件です。お願いしてみたのだけれど、教会の上層部は、足りない分は寄付を募れとしか……力不足で情けないわ」

「新しく寄付してくださる方、見つからないのですか？」

「駄目ね……」

「そしたら、子供たちは……」

わざわざ訊ねなくても、最初から答えはわかっていた。

子供たちは別れ別れで、別の孤児院へ送られることになるだろう。一緒にやってきた仲間と離れ離れにされる子供たちのことを思うと、せつなくなる。

「院長、お給金がもらえたら、すぐに送ります。でも、ぼくのお給金じゃ……」

シリルの声はどうしても、尻すぼみになってしまう。

下僕見習いの給金では、この急場を凌《しの》ぐ足しにはならない。

そこでシリルはふと、侯爵に寄付を頼んでみてもいいだろうかと思いつく。

だが、次の瞬間には首をゆるく振った。

侯爵に甘えるわけにはいかない。

「シリル、孤児院のことは仕方ないわ。あなたにまで心配かけて、ごめんなさいね」

「院長……」

楽しいはずのお茶の時間が、湿っぽいものになる。

けれども、院長はふと思い出したといったように表情を変えた。

「シリル、私がこちらに立ち寄ったのは、あなたが貰える年金について、新しい情報が入ったからよ？」

「院長、なんの話ですか？」

「実は倫敦で、弁護士のカーティス氏に会いました」

要領を得ない話に、シリルは首を傾げた。

「あなたがここに来る時、執事の方に渡しなさいと預けた手紙があったでしょう？　あれに、もう一度年金のことを調べてほしいと、書いておいたの。覚えていた金額も明記しておいたのだけど、その後、何か動きはあったかしら？」

「ちょっと待ってください．年金の話なんて、あれはとうに終わったことじゃなかったんですか？」

シリルは驚いて訊ね返した。

院長からの手紙は執事に渡したが、年金の事が書いてあるのは知らなかった。

「ええ、確かに断られた話です。でも、年に一万ポンドなのよ？　認めてもらえれば、あなたの財産になるの。だから簡単に諦めるべきではないと思います」

「一万ポンド……」

シリルは呆然と呟いた。

下僕見習いとして、最初の年に支給される年俸は二十五ポンドだと聞いている。働きによって年俸は上げてもらえるはずだ。でも、一万ポンドの年金だなんて、途方もなさすぎる。

侯爵が怒ったように年金のことを言っていたのは、このためだったのだ。

院長に悪気がないことはわかっているが、やはり無謀な話だと思う。侯爵が怒るのも、無理はない。

「シリル、その年金の話でね、カーティス弁護士は新たな発見があったと言うのよ。なんでも、埋もれていた書類が出てきたとかで」

「ごめんなさい、院長。その話はもういいです。ぼくはヴァレンタイン家となんの関係もないのに、そんな高額な年金、受け取るわけにはいきません」

「シリル……」

「もし、その年金があれば、孤児院も助かるでしょうけど……」

言葉を途切れさせたシリルに、院長はそっと手を重ねてきた。

「これは寄付がほしくてした話ではないのよ？　あなたがそれで幸せになれるならと、そう思っただけなの。だから、あなたにその気がないなら、この話はもうこれで終わりにしましょう。カーティス氏には、私から断っておくわ」

「本当にごめんなさい、院長……心配していただいたのに」

「何を言うの？　あなたも孤児院の子たちも、神からお預かりした大切な子供なの。だから、いつだって幸せを祈っていますよ」

温かな言葉に、シリルは思わず涙ぐんだ。

「ぼく、お給金が貰えたら、必ず孤児院に送ります。それに、スワン城の人たちにも少しずつ寄付をお願いしてみます」

必死に訴えると、院長はやんわりと微笑む。

「無理はしないでね、シリル」

「はい……」

シリルがそう答えると、院長はふと思いついたように、修道服のポケットから鎖付きの懐中時計を引っ張り出した。そして眼鏡のつるを押し上げて、時間を確認する。

「そろそろ失礼する刻限だわ。家政婦長のホームズさんが、ご親切に、馬車を頼んでくださったのよ。お茶もお菓子も美味《おい》しかったわ。ごちそうさま」

ゆっくり長椅子から立ち上がった院長に、シリルは思わず抱きついた。

「あら、一人前になったと思ったのに、相変わらずの甘えん坊？」

冗談めかして言う院長に、シリルは泣き笑いの顔を向けた。

連れだってコンサバトリーから出ようとした時、背後でふと人の気配がする。

シリルはとっさに振り返ったが、誰の姿もなかった。

気のせいかと思ったシリルは、そのまま院長とともにコンサバトリーから城内へと歩を進めた。

6

伯爵未亡人と男爵令嬢の出発を、シリルは侯爵や城の使用人たちとともに見送った。

一週間ほどの滞在中、厄介《やっかい》な客は色々なことを仕掛けてきたが、これで侯爵も煩わしさから解放されるはずだった。

ふたりを乗せた馬車が豆粒のように小さくなった時、誰からともなく歓声が上がる。

執事と家政婦長がすかさず注意したため、すぐに静かになったけれど、どの顔も明るく輝いていた。

シリルも今日で婚約者役から解放される。

けれども、そう思った時、シリルはやはり胸の痛みを感じた。

「シリル、おまえのお陰で助かった。礼を言う」

侯爵からも皆の前で礼を言われ、内心で焦りを覚える。

「私は何も……ただ教えてもらったことをやっただけで……」

「私たちが狩猟に出かけていた時、おまえは伯爵未亡人に啖呵《たんか》を切ったそうだな？」

「えっ、そんなこと……ご、ごめんなさい」

シリルはかっと頰《ほお》を染めて謝った。

きっと誰かに見られていたのだ。でも、侯爵にまで報告が行っているとは思わなかった。

「謝ることはない。よくやってくれた。私のほうもレディ・ケインズの攻撃がすごかったが、なんとか撃退した。これでスワン城も静かな日々に戻れるだろう。諸君のお陰だ。感謝する」

主《あるじ》の侯爵から直々《じきじき》に労《ねぎら》われた使用人たちは、皆が感動で胸をいっぱいにしている様子だった。

侯爵が城の中に戻り、使用人もそれぞれの持ち場へと散っていく。

シリルはドレスを脱ぐために、二階にある部屋へと向かった。だが、階段を上がろうとすると、先に行っていた侯爵がふいに振り返る。

「シリル、少しつき合え。ドレス姿のおまえと、最後にもう一度散歩しよう」

「はい、喜んで」

嬉《うれ》しい誘いに、シリルは頬を染めて従った。

グランドホールから庭園へ抜けると、どこからともなくクイーンが走り寄ってくる。

「クイーン！」

シリルはその場にしゃがみ込んで、もふもふのピレニアン・マウンテン・ドッグを抱きしめた。

「ドレスが汚れるぞ？　犬を甘やかしすぎるのはよくない。そいつにはもっと躾《しつけ》をしないと」

「でも、クイーンはいい子ですよ？　ドレスを汚したりしないから」

「それなら、そいつがどろどろにしたのは、私の服だけか？」

わざとらしく顔をしかめた侯爵に、シリルは思わず微笑《ほほえ》んだ。

気苦労から解放されたせいか、侯爵はいつもよりずっと親しみやすくて優しい。

湖に向かって歩き出すと、侯爵はすかさずシリルの腰を抱いてきた。

こうして親密な散歩ができるのも、これが最後。

そう思うと、シリルの胸はまた悲しみでいっぱいになった。

湖には、白鳥が何羽も羽根を休めている。その美しい光景を見ていると、胸が締めつけられたように痛かった。

初めてドレスを着せられた日に、侯爵と一緒に同じ景色を眺めた。慣れない靴のせいで転んでしまいそうになった時、助けてもらった。侯爵はわざわざ自分を抱き上げて、運んでくれたのだ。

厳しい一面もあるけれど、身分の低い者を相手にしても、けっして必要以上に偉ぶったりはしない。侯爵は使用人ひとりひとりをきちんと評価してくれる、素晴らしい主人だ。

だけど、下僕見習いに戻れば、侯爵との距離が遠くなる。こうしてそばにいることは叶《かな》わなくなるのだ。

「どうした、泣いているのか？」

ふいに訊《たず》ねられて、シリルは目を見開いた。

自分が涙を流していたことに、初めて気づかされる。

「すみません。ちょっと感傷的になってしまって……」

ため息をつくように言うと、侯爵にそっと抱き寄せられた。

風が冷たい季節になっていたが、侯爵に抱かれていると、少しも寒さを感じない。

そんなことは絶対にないはずなのに、こうして侯爵の腕の中にいることがごく自然だと感じてしまう。

「シリル、これが最後だな」

侯爵はそう言って、そっとシリルの唇を塞《ふさ》いだ。

温かな感触に、やっぱり涙がこぼれてきてしまう。

そしてシリルは、自分の幸せが侯爵のそばにあることを思い知らされた。

この素晴らしい人が好きでたまらない。

だから、ずっとこのままそばにいたかった。

でも、限定された時は、すぐに過ぎてしまう。

侯爵の口づけが終わったと同時に、夢のようだった時間が終わる。

シリルは、魔法が解けたシンデレラのように、夢の世界から現実へと戻るしかなかった。

†

シリルはひと月ぶりにドレスを脱ぎ、執事から渡された空色のお仕着せに手をとおした。

二重に釦《ボタン》が並んだ軍服のようなデザインで、前身頃の丈が短いが、後ろの裾《すそ》は長くて先がふたつに分かれていた。そして下に合わせるズボンは白だ。

軍服風のお仕着せは下僕用のものだが、この色を着た者は今まで一度も見たことがない。

着替え終わった頃、いったん部屋から出ていた執事が戻ってきた。

「おまえなら何を着ても似合うと思ったが、いい感じだ」

「あの、バートンさん、ぼくの仕事は何になるのでしょう?」

「おまえは今日から従者見習いだ」

「ええっ?」

言い渡された言葉に、シリルは驚愕《きょうがく》した。

主人の起床から就寝まで、ぴたりとそばについて世話をするのが従者だ。従者は他の使用人とは格付けが違い、執事と同等とみなされている。

今の従者は侯爵がこの城に入る時、自ら伴ってきた美青年だ。キリト・オーウェンは東洋人との混血だと噂《うわさ》されており、他の使用人たちとはまったく雰囲気が違っていた。

「おまえはオーウェンについて、仕事を覚えるのだ」

「待ってください。そんな……ぼくがいきなり従者見習いだなんて……」

「おまえは侯爵が決定をくだされたことに、反撥《はんぱつ》するつもりか？」

厳しい声音で言われ、シリルは黙り込んだ。

「さあ、侯爵にご挨拶《あいさつ》しに行くぞ」

「は、い……」

シリルはドキドキしながらも、執事に従うしかなかった。

城の西翼にはずいぶん馴染《なじ》んだが、侯爵の私室に足を踏み入れるのは初めてだ。

シリルは執事に続いて、こちこちに緊張しながら、侯爵の前に進み出た。

「シリル、執事から話を聞いたと思うが、おまえにはオーウェンのあとを継いでもらうことにした。オーウェン、すでに知っていると思うが、シリルだ。おまえの後任にするから、必要なことを教えてやれ」

「かしこまりました」

侯爵の命に、黒髪と漆黒の瞳を持つオーウェンは短く答える。

下僕見習いだったシリルがいきなり従者見習いとなったことに、驚いた様子もなかった。

「シリル、それと、これはおまえの働きに対する特別手当だ。受け取れ」

「えっ、そんな……」

驚いたシリルに、侯爵が分厚い封筒を押しつけてくる。

「百ポンドだ」

告げられた金額に、シリルはぶるぶると手を震わせた。

「う、受け取れません……っ」

胸を喘《あえ》がせながら訴えて、シリルはお金の入った封筒を侯爵に押し返した。

だが、侯爵は受け取ろうとせず、不快げに眉根《まゆね》を寄せる。

「どうして、受け取らない？」

「だって、金額が……」

シリルがか細く言うと、侯爵はふんと鼻を鳴らす。

「少なすぎるか？」

思わぬことを訊《き》かれ、シリルは呆然《ぼうぜん》となった。あまりの展開に、頭がついていかない。

「今回は百ポンドだ。それで納得しろ」

侯爵は冷ややかに告げて、シリルから視線を外した。

「私はしばらく書斎にこもる。呼ぶまで、誰も来なくていい」

「かしこまりました」

「かしこまりました」

執事と従者が声を揃《そろ》えて言い、侯爵はそのまま部屋から出ていってしまう。

従者見習いにされたことも、高額の報酬を与えられたことも、いまだに本当だとは信じられない。

けれどもシリルは封筒を握らされたまま、呆然と立ちすくんでいるしかなかった。

「フレミング。さっそくだが、仕事の流れを説明する。私は三日後にスワン城を去る予定だ。時間がないからしっかり覚えてほしい」

「三日後……」

再び倒れそうになったシリルに、今度は執事が話しかけてくる。

「その封筒は、私が預かっておこう。持ったままでは仕事がしづらいだろう」

手をすっと差し出され、シリルはつられるように、分厚い封筒を預けた。

そして、その時、このお金を本当に自分のものにしていいなら、孤児院に寄付できると思いついてしまう。

婚約者を演じたことへの正当な報酬だというなら、受け取ってもいいのだろうか？

金額が多すぎて、固辞するしかないと思うけれど、孤児院のこともある。

いずれにしろ、執事はさっさと部屋から出ていってしまったので、問題は先送りにするしかなかった。

「フレミング、従者の仕事はまず、アイロン掛けの終わった新聞を受け取りにいくところから始まる。アイロンは執事が掛けてくれる。それと厨房《ちゅうぼう》で朝の紅茶を受け取って、そのあと侯爵を起こしにいく。ここまではいいか？」

流れるような説明に、シリルは気持ちを切り替えて頷《うなず》いた。

「では、この部屋の説明に移る。侯爵に気持ちよく過ごしていただけるように気配りすることが基本だ」

「はい」

「侯爵が朝好んで飲まれるのはアッサムだ。朝食に何をお持ちするかは、紅茶をお飲みいただく時に確認する。そこの紐《ひも》を引っ張れば、使用人部屋の執事に合図が行く。ベルの鳴らし方で、その日の茶葉を厨房に伝えてもらう。紐を一度だけ引くのはいつもと同じアッサム。二度引けば、ダージリン。三回続けて引く時は、他に注文があるという合図だ」

「はい」

オーウェンは次に、マントルピースの上に飾ってあった写真立てを手に取った。

「こちらは侯爵のご家族とご友人だ」

シリルはセピア色の写真を見せられ、思わずどきりとなった。

写真には五人の人物が写っていた。年配の男性を中心に、両親らしき男女、そしてまだ十四、五歳といった年齢の侯爵自身と、他に二十歳ぐらいに見える女性だ。

だが、その若い女性の顔を見た時、シリルは息をのんだ。

どこかで見た覚えがある気がしたのも当然で、その女性の面影は、少し前までドレスを着ていた時の自分自身の姿と重なったのだ。

何故《なぜ》か、似ている……？

「お祖父《じい》様とご両親、それと隣に住んでおられたアネット様。これは口外厳禁だが、ご両親は非常に仲が悪くていらしたそうだ。侯爵は冷え切った家にいるのがいやで、よく隣家を訪ねておられたとのこと。トーマス様の言によれば、その写真に写っているアネット様が、侯爵の初恋のお相手だそうだ」

いきなり聞かされた侯爵の過去に、シリルは大きく衝撃を受けた。足元がぐらりとなってしまいそうなのを、懸命に堪《こら》える。

「むろん、このことは胸に収めておくだけでいい。執事や家政婦長にはもちろんのこと、侯爵にもいっさい告げる必要がない。知っていれば、何かで侯爵をお助けしなければならない時に、役立つかもしれない。それだけのことだ」

「わかり……ました」

シリルはぎこちなく答えた。

「顧問弁護士のトーマス様が、パブリックスクール以来のご友人であることは知っているな？」

「はい」

「ひとつ付け加えるなら、私もおふたりの後輩になる」

オーウェンは淡々と説明を続け、シリルは必死に色々なことを覚えていく。

感傷に浸っている暇などなかった。

そうして、シリルの怒濤《どとう》のような生活が始まったのだ。

†

従者のキリト・オーウェンは、予告どおり三日後にスワン城を出ていった。

翌日から、シリルは従者として、影のように侯爵に従うことになった。

最初のうち、シリルは侯爵のそば近くにいられて、天にも昇るような心地だった。けれども、その気持ちが高まりすぎて、苦しくなる時がある。

そして、マントルピースに置かれた写真を目にすると、必ずと言っていいほど、胸が激しく痛んだ。

侯爵は初恋の女性を忘れられずにいるのだろう。同じ写真が寝室にも飾ってある。

「おはようございます」

朝、シリルはアイロンを掛け終えた新聞と紅茶を用意して、侯爵を起こしにいく。

寝台で寝ている侯爵を見るのが好きだった。声をかけると、眠そうに顔をしかめ、仕方なさそうにまぶたを開ける侯爵も、どこか子供のようで微笑ましく感じる。

朝食と着替えが終わると、あとはほとんど手がかからない。侯爵はパブリックスクールで鍛えられたとのことで、なんでも人に任せるのではなく、自分自身でさっさとこなしてしまうからだ。

朝夕、クイーンを連れて散歩に出かけるのは、シリルにとって最大に幸せな時間となった。

婚約者役を務めていた時と同じように、親密な空気を味わうことができたからだ。

この散歩の時間だけは、侯爵もシリルが親しい友人であるかのように接してくれる。

だが、シリルは充実した毎日を送るうちに、とうとう気づいてしまった。

侯爵が好きでたまらない。

この好きは特別だ。

婚約者役をやっていた時に、情熱的で甘いキスをされた影響かもしれないが、自分はきっと侯爵に恋をしている。

自分の気持ちに気づいてからのシリルは、毎日天国にいるような幸せを感じると同時に、地獄に落とされたような苦しみも感じていた。

好きになった相手が男性だというのは、誰にも打ち明けられない秘密だ。同性を好きになるのは、背徳の罪を犯すこと。たとえ気持ちの上だけだったとしても、許されることではなかった。

それでも毎日侯爵のそばにいられるのは幸せで、ずっと永久にこんな日々が続けばいいと願ってしまう。

「シリル、寒くないか？　今日は特別冷え込んでいるようだ」

侯爵に優しく訊ねられ、シリルは淡く微笑んだ。

「これぐらい平気です。それより侯爵は？　お寒くないですか？　黒貂《くろてん》のコートをご用意したほうがよかったかも……」

侯爵は毛織りの黒の外套《がいとう》に、銀狐《ぎんぎつね》の襟巻きをして、帽子を目深《まぶか》に被《かぶ》っている。

そしてシリルもお仕着せのブルーの外套を着て、耳当てのついた帽子を被っていた。

前日に降った雪がうっすらと残り、真っ白な世界が広がっている。湖の白鳥も、寒そうに身を寄せ合っていた。

「毛皮を着込むほどでもない。それよりシリル、おまえのほうこそ手を出してみろ」

シリルは何気なく両手を差し出した。

すると侯爵はその手をそっと握ってくる。

「あ……」

シリルは思わず息をのんだが、侯爵の手はすぐに離れていった。

「やはり、冷たくなっている。シリル、おまえにこれを……」

侯爵は外套のポケットから出したものを、シリルに見せた。

薄茶色の革の手袋だ。

侯爵はその手袋をシリルの両手に嵌《は》めていく。

「これ……」

驚きで目を見開いていると、侯爵がふわりと微笑んだ。

「これはおまえへのプレゼントだ」

「えっ？」

「婚約者の件では助かった。個人的にも何か贈りたいと思い、これを選んだ。雪が降って以来、おまえはいつも手が冷たそうな素振りだったからな」

「そんな……」

シリルは思わず手袋を嵌めてもらった両手をぎゅっと握った。

革の手袋は中が毛皮になっていて、冷たかった手がじんわりと温かくなっていく。

それ以上に侯爵の気持ちが嬉しくて、泣いてしまいそうになる。

「気に入ったか？」

幾分照れくさそうに訊ねた侯爵に、シリルはこくこくと頷いた。

「あ、ありがとうございます！　ぼく、嬉しくて……あ、大切に……ずっと大切にしますから……っ」

懸命に礼を言うと、侯爵はまた極上の笑みを浮かべる。

「さて、これで手は大丈夫だが、身体《からだ》はどうだ？　やはり、こうして抱き合ったほうが温かいだろう」

侯爵はそう言って、ふいにシリルの身体を引き寄せる。

「あっ」

あまりに驚いたせいで、思わず叫んだが、その時にはもう侯爵の両腕が巻きついていた。背中からふわりと抱かれた格好で、侯爵の息が首筋にかかって、びくりとなった。分厚い外套をとおしても、体温が感じられる。

しばらくして侯爵の手でそっと正面を向かされ、掠めるような口づけを受けた。

唇はすぐに離れていったけれど、何故か無性に泣きたくなってくる。

元気なのはクイーンだけだ。雪の上を走れるのが嬉しくて仕方ないらしく、侯爵とシリルのまわりを、ぐるぐると回っている。

シリルは侯爵のそばにいられる幸せを嚙《か》みしめていた。

恋人同士のように結ばれることは、けっしてないだろうけれど、こんなふうに幸せを感じられる時間が少しでもあるなら、それだけでよかった。

†

胸の内は苦しいけれど、それなりに穏やかな日々が続き、シリルは一生懸命に侯爵の従者を務めていた。

倫敦では冬の社交シーズンが始まっている。大方の貴族はこの時期、倫敦《ロンドン》のタウンハウスに移って社交に力を入れるのだが、侯爵はスワン城を離れないとのこと。倫敦へ行けば、まごついてしまうのがわかっていたので、シリルはほっとなっていた。

「シリル、今のうちに昼食を食べてしまうといい」

「ありがとうございます」

執事にそう声をかけられて、シリルは使用人用の食堂に向かった。

食事は手がすいている者が交代でとることになっている。シリルがテーブルに着いた時は、他にも十人ほどの使用人がランチをとっていた。

「シリル、今日のメインは鹿肉のステーキだ。葡萄《ぶどう》を使ったソースが絶品だったぞ」

「デザートのプディングも美味《おい》しかったわよ」

先に食事を終えた使用人たちが、席を立つ時に次々と声をかけていく。

下僕見習いが婚約者役を務め、次には従者に大抜擢《だいばってき》されたわけだが、シリルは持ち前の飾らない性格のお陰か、意外と皆に受け入れられていた。

もちろん中には、大出世したシリルをよく思っていない者もいる。ちょうど隣の席にいた、下僕のジム・ブラウンも、その内のひとりだった。

「従者様が今頃になって食事か……忙しそうにしているのは、どうせ振りだけなんだろ？」

シリルがナイフで鹿肉を切り分けていると、ジムはぶすりと声をかけてくる。

「今日はお客様が訪ねていらしたので、遅くなっただけです」

シリルがそう答えると、ジムはふんと鼻を鳴らし、それから紙巻き煙草《たばこ》の煙を、嫌みったらしく顔に吹きかけてきた。

「お客様、ねえ……」

よく思われていないのは明らかだが、どうしようもない。

シリルはなるべく相手にしないでおこうと、黙って鹿肉を口に運んだ。

しばらくの間ジムは無言だったが、煙草を吸い終わると、今度はシリルに顔を寄せるようにして話しかけてくる。

「なあ、おまえ……侯爵に抱かれてるんだろ？」

ひっそりと、思いもかけないことを問われ、シリルは鋭くジムを睨《にら》みつけた。

「どういう意味ですか？　侯爵を侮辱するようなこと、言わないでください」

自分のことなら何を言われてもいい。だが、侯爵が背徳の罪を犯しているなどという言葉には、怒りしか感じなかった。

「へえ、怒ってごまかすのか……おまえ、見かけによらず、いい根性してるな」

ジムはいかにも呆《あき》れたといったように、両手を広げる。

「ごまかすとか、そんなことしてないです」

「なあ、シリル。俺は見たぞ。おまえが侯爵にキスされているところ。あれはまずいよな。女の振りしてる時は言い訳できても、男の格好に戻って、あれはないだろ」

「！」

シリルはどきりとなった。

散歩の時にキスされたのを、ジムに見られてしまったのだ。

まさかと思うが、キスの件を言いふらされたりしたら、侯爵の名誉に傷がつく。

「ブラウンさん、侯爵のことを中傷なさるのは、許しません」

シリルは険しい表情で、きっぱりと言いきった。

ジムはさすがに驚いたように息をのむ。だが、少しの間を置いて、今度はにやりといやらしい笑みを浮かべた。

「許さないとは、またずいぶんな言い方だな。俺は別に侯爵を中傷しているわけじゃない。おまえみたいな可愛《かわい》い子をそばに置ける侯爵が羨《うらや》ましかっただけだ。なあ、シリル。おまえはほんとに可愛いからな」

一転して褒め言葉を連ね始めたジムに、シリルは戸惑うばかりだった。

それに可愛い子をそばに置ける侯爵を羨ましいとは、おかしな言い方だ。

「シリル、これから仲よくしようぜ。俺、おまえに興味ある。好きだからな？」

どこかふざけた様子のジムに、シリルは警戒の目を向けるだけだった。

しかし、この男の不可解な態度は、その後も尾を引くこととなったのだ。

ジムは先に食堂を出ていったが、外でシリルを待ち構えていた。

「おい、シリル、ちょっと手伝ってくれ。こっちだ」

ふいに手招きされて、シリルはなんの警戒もせずに、ジムのあとをついていった。

ジムは掃除道具をしまってある部屋まで行き、そこでいきなりシリルに抱きついてきた。

「な、何するんですかっ！」

両腕ごと拘束するように抱きすくめられ、そのうえ無理やり口づけられそうになって、シリルは必死に顔をそむけた。

「俺にもキスぐらいさせろよ。おまえのこと、好きだって言ってんだろ」

「やだ！　放してください」

煙草臭い息とともに分厚い唇が近づいて、頬を掠《かす》める。ぬるりとした感触が気持ち悪くて、シリルは泣きそうになった。

「おい、大人しくしろよ。おまえは男が好きなんだろ？　相手をしてくれるんなら、誰だっていいんだろ？」

「やめてください！」

身勝手な理屈を並べ立てるジムに、心底恐怖を感じる。

誰かに助けを求めなければ、本当に襲われてしまいそうだった。

大きく身体をよじった時、積み上げた木箱を蹴ってしまう。

ガタンと大きな音がして、外から声がかけられた。

「おい、何してる？　道具は丁寧《ていねい》に扱え」

年配の下僕のひとりだ。

それを聞いて、さしものジムも拘束を解く。シリルはさっとジムの手を振り払って、倉庫から逃げ出した。

「すみません！」

「おい、何があった？」

「なんでもないです。失礼します」

シリルは短く答えて下僕のそばをすり抜けた。

無理やりキスされそうになったなど、言えるはずもない。ただこの場から一瞬でも早く逃げ出したくて、廊下を全速力で駆け抜けた。

階段を駆け上がって一階に戻り、シリルは大きく息をついた。

スワン城の使用人は、いつ、どんな時でも毅然《きぜん》としているべし。

常日頃、執事から厳しく言い渡されている。ましてシリルは、侯爵の身の回りの世話をする特別な立場だ。

シリルは呼吸を整え、何事も起きなかったかのように、背筋を伸ばして歩き出した。

でも、このいやな事件で、またひとつ気づかされたことがある。

ジムに口づけられそうになった時は、死んだほうがましだと感じたが、侯爵のキスは違う。

いつも優しく抱きしめられて、蕩《とろ》けそうなほど甘く口づけられるのだ。

だから、侯爵になら、いつだってキスしてほしいと思う。

抱きしめられて、甘い口づけを受ける。

シリルは、自分がいつもそれを望んでいることを、はっきりと自覚させられた。

侯爵を誰よりも尊敬しているし、好きでたまらない。

その気持ちは恋に似ていても、恥ずべきことではない。

今まではそう思っていたけれど、キスされたいと望むのは間違っている。

シリルは侯爵への思慕に潜む不純な気持ちに気づいてしまったのだ。

これからも侯爵のそばで従者の仕事を続けたければ、この許されざる気持ちを封印しなければならない。

キスしてほしい。

そんな不純な衝動を含む気持ちを、あの素晴らしい侯爵に向けてはならない。

シリルは何よりも、自分の恋心のせいで、侯爵を穢《けが》してしまうことを一番恐れたのだ。

7

空が厚い雲で覆われ、雪のちらつく日が多くなっていた。

倫敦では社交シーズンが真っ盛りで、スワン城のスチュアートの下にも、招待状が山のように届いている。中には、まだ諦《あきら》めていない伯爵未亡人と、サラの父親ケインズ男爵からの招待も交じっていた。爵位を継いだばかりなのだから、社交界にもせっせと顔を出せと忠告して来る者もいる。

しかしスチュアートには、スワン城と領地の立て直しのほうが急務だった。赤字を出さないようにしておかなければ、社交どころではない。

書斎から外を眺めていると、シリルがクイーンを散歩に連れ出していくのが見えた。青いお仕着せの外套を着て、手に薄茶の革手袋を塡めている。

薄情な犬は、主であるスチュアートを完全に見限ったようで、シリルに夢中になっていた。激しく尻尾《しっぽ》を振りながら、小柄な従者のまわりを飛び跳ねている。

あんなに興奮して、シリルを押し倒しそうじゃないか……。

そしてスチュアートの心配は、一分も経《た》たないうちに現実のものとなった。

甘えん坊の大型犬が、ウオンと勢いよく、青の外套を着込んだシリルに飛びつく。その勢いでシリルが足を滑らせ、雪の上に倒れた。クイーンは容赦なくシリルの上に大きな身体をのしかからせて、嬉しげに尻尾を振る。さらに、それだけでは足りないとばかりに、シリルの顔を舐《な》め回していた。

まったく……なんて失礼なやつなんだ。もっと厳しく躾け直す必要があるな……。

シリルもシリルだ。クイーンにばかり、あんな甘い顔を見せて……。

小柄な従者と大型犬は、雪の上をごろごろ転がり始めている。シリルはそんな目に遭《あ》っても、全開の笑みを見せていた。

きっと書斎でスチュアートが眺めていることなど、気づいてもいないのだろう。

そしてスチュアートは、遠慮もなくシリルに懐《なつ》いている犬を、少し羨ましくも思っていた。

最近、シリルはまったく笑顔を見せなくなった。従者に成り立ての頃は、はにかんだような微笑みを浮かべていたが、何故かそれがぴたりと止まっていた。

執事にそれとなく探りを入れてみたところ、大切な仕事に就いている自覚が芽生えたせいでしょうと、軽く流されてしまった。

確かにそのとおりなのだろうが、スチュアートとしては一抹《いちまつ》の寂しさを感じてしまう。

こんなことなら、従者にするのではなかった。わざわざそばに置かずとも、シリルが下僕の仕事をこなすのを、遠くから眺めて楽しむという選択肢もあったのに。

シリルに対する印象は、いつも目まぐるしく変わっていた。

純朴な見かけを裏切る強欲な若者——その第一印象は、彼が婚約者役をこなしている間に、すっかり別のものになった。

優しくて誠実で、時折見せる笑顔に、気持ちが穏やかになる。社交界の人間の多くは、本心を隠して上辺だけをきれいに取り繕っている。スチュアート自身もそのひとりだ。

だがシリルの微笑には、表裏がまったくないように見えた。

ドレスを着た姿は本当に可憐な少女で、また強くスチュアートを惹きつける魅力も備えていた。

思わず口づけると恥ずかしそうに頬を染め、それがまた男の保護欲と征服欲を刺激する。

シリルが本物の女なら、スチュアートは迷わず結婚を申し込んでいたかもしれない。

従者になったシリルに口づけた時も、すべてを自分のものにしてしまいたいとの衝動に駆られた。

思い留《とど》まったのは、純真な若者に背徳の道を教えたくなかったからだ。

パブリックスクール時代に男色を覚え、その後も遊びで男を抱く者が多い。シリルをそんな遊び相手にはしたくなかったし、スチュアート自身は、欲望を吐き出すためだけの結びつきには興味がなかった。

すべてを奪う気なら、すべてを与えなくてはならない。

その覚悟がなければ、迂闊《うかつ》に手など出せるものではなかった。

しかし、純真なシリルにも、忌《い》むべき一面がある。外見はあれほど無垢《むく》に見えるのに、シリルは相当お金に執着しているらしいのだ。孤児院育ちだから、頼りにするのはお金しかないと思っているのか、それとも他に理由があるのか……。もし理由があるのなら、直接相談してほしかった。

スチュアートが、シリルを見た目と同じ純朴な若者だと信じ切れないのには、もうひとつ理由があった。

子供の頃、隣の屋敷に住んでいたアネットという女性が好きだった。両親が不仲で、家の中がぎすぎすしていたせいで、スチュアートはしょっちゅう隣家に遊びに行っていたのだ。

五歳上のアネットは、スチュアートを弟のように可愛がってくれた。優しいアネットに仄《ほの》かな思慕を寄せるようになったのは、当然の成り行きだった。

しかしアネットはその後下級貴族と結婚し、スチュアートもパブリックスクールから大学へと、勉学で忙しい日々を送ることとなった。

アネットとそっくりの女性と知り合ったのは、二十歳になった時だ。隣家の優しいアネットと顔が似ているというだけで、スチュアートはその女性に心を許した。だが、その女性はスチュアートの外見に惹かれただけで、財産を持たない中流の暮らしをしていることを知ると、あっさりスチュアートを袖《そで》にした。彼女が結婚したのは、四十歳も上の金持ちだった。

スチュアートが計算高い女性のやり口に辟易《へきえき》するようになったのは、この時のことが原因だった。

今にして思えば、アネットに対する思いは単なる初恋で、それも家族愛の延長にすぎなかった。そしてアネットにそっくりで、スチュアートを裏切った女性のことは、顔以外、大して覚えてもいない。

自分はもともと恋愛というものに向いていないのだろう。

そしてシリルの顔立ちは、驚くほどアネットに似ているのだ。今のように髪を短くしていれば、さほど感じないが、アネットに似た顔立ちというだけで、警戒してしまう。

他に考えるべきことが山ほどあるというのに、何故こんなにもシリルのことが気になってしまうのか……。

おそらく自分は、シリルが見かけどおり純真な若者だと信じていたいのだ。

クイーンと一緒に雪の積もった庭を駆け回っているシリルを眺めながら、スチュアートは深いため息をついた。

トーマスから送られてきた書類に目をとおそうと、マホガニーの机に向かった時、扉がノックされて執事が顔を出す。

「弁護士のカーティス氏がお見えになりました」

「ここで会おう。とおしてくれ」

「かしこまりました」

執事はいったん書斎から出ていき、待つほどもなく客を案内してくる。

事前に面会を求められ、今日会う約束をしたが、今まで面識のない人物だ。

書斎に入ってきたのは、まだ二十代半ばといった若さの小柄な男だった。上質な服を身につけ、金髪を丁寧に撫でつけている。青の瞳には意外な強さがあり、スチュアートを睨むような視線を送ってきた。

「アダム・カーティスと申します。倫敦で父の代より法律事務所を開いております」

「よろしく。ヴァレンタインです。今日はどのようなご用件で、こちらまでお見えになったのでしょう?」

スチュアートは若い客と儀礼的に握手を交わし、ソファに掛けるよう促した。

低いテーブルを挟み、向かい合わせで座ると、カーティスはさっそく、持参した黒鞄《くろかばん》から書類を取り出す。

「本日、お伺いしたのは、シリル・フレミング氏の件です」

「シリルの件?」

寝耳に水の話に、スチュアートは僅《わず》かに首を傾《かし》げた。

「フレミング氏は、こちらで雇われていると聞いております」

「確かに雇っているが……」

「私はフレミング氏の代理人として参りました。フレミング氏は、先代侯爵との約束で、五十年間にわたり、一定額の年金を受給する資格があると認められておりました。しかるに、フレミング氏には一度もその年金が支払われておらず、また再三の請求も無視されてきたという結果になっております。私はフレミング氏の代理人として、ヴァレンタイン侯爵に、正当な支払いと、今まで不払いを続けていたことに対する慰謝料を請求させていただきます。こちらに用意した書類は、法的に理のとおったものです。どうぞ、ご覧ください」

すっと書類を指で押され、スチュアートは眉間《みけん》に皺《しわ》を寄せた。

驚きと怒りで、腸《はらわた》が煮えくりかえりそうだった。

今し方、シリルのことを見直すべきだと考えていた。なのに、こうも見事に裏切られるとは、予想外もいいところだ。

「先代の残した契約は、私が引き継いでいる。しかし、年金等に関しては、法的に正当性があるかどうか、全件見直しを進めた。私がヴァレンタイン家の家令を任せた弁護士は、フレミングの請求に正当性はないと判断した。書類は預かっておこう。この件については、こちらも弁護士と相談のうえで返答する」

スチュアートは冷ややかに告げた。

言葉を飾る必要はない。用が済んだなら即刻出ていけ。そう匂《にお》わせる言い方だ。

しかしカーティスのほうもスチュアートに負けず、慇懃《いんぎん》に席を立つ。

「それでは、これで失礼します」

ちょうど執事がお茶を運んできたところだったが、カーティスは肩を怒らせるようにして書斎から出ていく。

苛立《いらだ》ちを募らせながら立ち上がったスチュアートは、マホガニーの重いデスクを思いきり蹴りつけた。

テーブルの上には執事が置いていった紅茶があったが、スチュアートは見向きもせずに天井まで届く書棚の隅に行く。そこに並べられたクリスタルの瓶《びん》から、グラスになみなみとブランデーを注いで、一気に飲み干す。

それでも怒りが収まらず、スチュアートは険しい顔つきのまま、客を見送りにいった執事を待った。

五分ほどして、再び扉がノックされる。

スチュアートはその音を聞いたと同時に、大股《おおまた》で出口に向かった。

「お客様はお帰りになりました」

「部屋へ戻る。シリルを呼べ」

執事の報告に重ねて短く命じる。

そしてスチュアートは執事を押しのけて書斎を出た。

†

侯爵から呼ばれたと聞いて、シリルは急いでクイーンを犬舎に戻した。

「駄目だよ、クイーン。ご主人様に呼ばれてるんだ。また明日、遊んであげるからね」

犬舎に入るのをいやがるクイーンを宥《なだ》め、そのあとシリルは小走りで侯爵の部屋がある西翼へと向かった。

雪が積もった庭園でクイーンと遊んでいたので、鼻の頭と頬が真っ赤になっていた。途中で外套を脱いで、半地下にある自室に放り込む。そして乱れた髪を手櫛《てぐし》で整えながら、急いで階段を上った。どんな急用があろうと、城内を走ることは厳禁とされているが、階段はこのうちに入らないと勝手に解釈して、二段飛びで三階まで駆け上がった。

侯爵の私室に到着し、扉の前でふうっと息を吐き、弾んだ呼吸を整える。

そして、天井まで届く扉をコツコツと叩《たた》いた。

「シリルです」

声をかけて室内に入ると、侯爵はテラス近くの長椅子にゆったりと座っていた。上着の釦を外し、腕を広げ、片方は肘《ひじ》掛《か》けに、もう片方は背もたれに預けている。長い足を組んだ侯爵は、シリルが近づいていくのを、じっと見据えていた。

機嫌が悪い。それも最高に悪い。

直感でそう思ったシリルは、恐る恐る侯爵から声をかけられるのを待った。

午後のこの時間帯、侯爵は書斎で過ごすのが日課だった。仕事中は何も手伝えることがないので、シリルは昼食をとったあと、大抵はクイーンと遊んでいる。従者の仕事はおもに身の回りの世話なので、侯爵が外出しない時は、ディナーの直前まで出番がないことが多かった。

でも、こんなに怒った様子の侯爵は初めてだ。何か重大な過失を犯してしまったのだろうか……。

シリルが不安でいっぱいになった時、ようやく侯爵が口を開く。

「カーティスという弁護士が来たぞ」

シリルは首を傾げた。

前任のオーウェンから覚えておくようにと渡されたリストに、その名前はなかったと思う。

「この期《ご》に及んで知らない振りをする気か？」

「え？」

侯爵は、シリルがその人物を知っているものと思っている。

「おまえの代理人だという話だったが？」

皮肉っぽく重ねられ、シリルは青灰色の目を見開いた。

「あの……なんのこと、でしょうか？」

訊ねたとたん、侯爵の目つきがいちだんと鋭くなる。

青い瞳には明らかな怒りがあり、シリルは訳もなく背筋が震えるのを感じた。

「おまえは何故、私に直接文句を言わない？　いつもそうだ。無欲な顔をしているくせに、本当は金に執着している。おまえはそんなに金が必要なのか？」

嘲《あざけ》るように問われ、シリルは唇を噛んだ。

お金が必要なのかと言われれば、すぐに孤児院のことが思い浮かぶ。

「お金は……欲しいです」

シリルは正直にそう答えた。

侯爵の表情は、さらに険しくなる。

侮蔑に満ちた目で見据えられ、シリルはその場でじっと身体を縮めているだけだった。

「いいだろう。そんなに大金を手にしたいなら、払ってやる。だが、いわれのない年金など、金輪際払わないからな。金が欲しいなら、それだけの仕事をしろ」

激しい言葉とともに、ふいに手首を握られる。

ぐいっとその手を引かれ、シリルは簡単に侯爵の膝《ひざ》の上に倒れ込んだ。

「ああっ、ご、ごめんなさい」

「おまえの手を引っ張ったのは私だ。なのに、どうしておまえが謝る？」

「で、でも、ぼく……侯爵の上に倒れてしまって……」

「私がそうし向けたのだ」

れない。

「あ、あの……ぼくは……」

侯爵の膝の上に、横座りしている格好だ。急いで下りたいのに、侯爵はまだ手を放してく

「もう黙れ」

そんな言葉と同時に、いきなり唇を塞がれる。

「んっ……ぅう」

驚きで息をのんだ隙《すき》に、ぬるりと熱い舌が口中に挿し込まれた。

侯爵は膝に乗せたシリルを片方の腕だけで支え、もう一方の手で顎《あご》をとらえて、存分に口づけてくる。動きを封じられたシリルは、侯爵の胸に縋《すが》っているしかなかった。

「んぅ、ふ……っ、く……ぅぅ……」

侯爵の舌が縦横に絡《から》められ、シリルは陶然となった。

キスされるのはこれで何度目だろう？

少し前に、ジムから妙な誘いをかけられた。そしてシリルは気づかされたのだ。

侯爵にならもっとキスしてほしい。こうして抱きしめてもらって、温めてもらうだけで、すごく幸せな気持ちになれると……。

しかし男同士でこんなふうにキスし合うなんて、許されないことだ。敬愛する侯爵をこんな背徳の罪に落とすなんて耐えられない。

そう思ったからこそ、ずっと気を張っていたのに……。

侯爵の前ではしっかりと節度を守り、嬉しい気持ちは抑えておく。むやみに笑みなど浮かべない。

でも、こんなふうに甘く口づけられてしまうと、シリルの決意などいっぺんに吹き飛んでしまう。

侯爵に口づけられるのを心から嬉しいと思ってしまう。

「んっ、……んぅ」

舌がいやらしく絡められると、身体中が熱く痺《しび》れるようだった。

キスに夢中になっていると、侯爵の手が喉《のど》から胸、そして脇腹《わきばら》へと滑っていく。

「んんっ」

くすぐったさで身をよじった時、侯爵の手はあらぬ場所まで伸びていた。

お仕着せのズボンの中心を掌《てのひら》で包まれる。

「ん、あっ」

シリルはびくんと腰を震わせた。

その動きで侯爵の口づけがほどけ、今度は青い瞳で何かを問うようにじっと見つめられる。

「あ、や……っ」

シリルは耳まで赤くしながら、甘い喘ぎを漏らした。

信じられないことに、侯爵の手を当てられた場所が熱くなっていた。キスされただけで、淫《みだ》らに反応してしまったのだ。侯爵はもちろんそれを知っている。

「ご、ごめんなさい。ぼく……っ、やっ、下ります……下ろして、ください……っ」

シリルは侯爵の膝の上から逃げ出そうと、必死に身体をよじった。

だが、侯爵はシリルの動きを封じ、逆に抱きすくめてくる。

「キスだけで身体が熱くなったのだろう？　これなら無理やりということにもならない。おまえを抱かせろ。その代わり、要求した額は払ってやる。それでいいな？」

「あ、ぼくは……」

侯爵に身体の変化を知られたことが恥ずかしく、あとは何を言われたのか、よくわからなかった。

けれども訊き返す暇もなく、侯爵が体勢を変える。

「ああっ」

驚いたことに、侯爵はシリルを抱いたまま、長椅子から立ち上がったのだ。

最初にドレスを着た日にも横抱きされた。侯爵はその時と同じく、軽々とシリルを次の間へと運んでいく。

シリルが下ろされたのは、侯爵の寝台だった。

毎朝、新聞と紅茶を持って、侯爵を起こしにくる場所だ。

「やめろと言うわけでもない。同意したということで、いいのだな？」

シリルのそばに腰を下ろした侯爵が、怒ったように言う。

いったい何が起きようとしているのか、動転したシリルにはわからなかった。

「シリル」

侯爵は自分の上着を脱ぎ捨てたあと、シリルのお仕着せの釦に手をかけてくる。

全部外された頃、シリルはようやく気がついた。

侯爵は自分を抱こうとしている。さっきのは、それに対して報酬を与えるという意味だったのだ。

お金を貰《もら》って、こんなことはできない。

でも……。

「怖いのか？」

侯爵は蜂蜜色《はちみついろ》の髪を撫でながら、訊ねてくる。

怖いわけではなかったから、シリルはゆっくり首を左右に振った。

「それなら、いいんだな？」

侯爵は重ねて訊ねたが、シリルの答えを待たずに、そっと端整な顔を近づけてくる。

「あ……んぅ」

再びしっとりと唇が重ねられ、シリルはいやだと拒否する機会を失ってしまう。

口づけは蕩けるように甘かった。

するりと舌を挿し込まれ、ねっとりと絡められる。

「んぅ……く」

キスが深まると、また下肢が熱くなっていく。

怖くなって、大きく胸を喘がせると、ようやく侯爵の唇が離れた。

けれども次には、シャツの釦が順に外される。徐々に肌があらわになり、シリルは羞恥で赤くなった。

「きれいな肌だ」

侯爵はそんなことを呟《つぶや》きながら、胸に掌を当ててくる。

するりと撫でられたせつな、侯爵の指が乳首を掠め、シリルはびくりと震えた。

侯爵はさらに、小さな頂を指で摘《つま》み上げる。

「あ、んっ」

痺れるような刺激が駆け抜けて、シリルは思わず甘い吐息を漏らした。

「感じるようだな」

くすりと笑いを含んだ声で言われ、かっと羞恥に駆られる。

だが、侯爵はかまわずに乳首を弄《もてあそ》び始めた。

「や、ああ……っ」

普段は意識することもない場所なのに、何故かそこを弄《いじ》られると、大きな疼《うず》きが身体中を駆け巡る。

なのに侯爵は、反対側の乳首に唇までつけてきたのだ。

濡《ぬ》れた感触に包まれて、シリルはまたびくりと震えた。

侯爵はねっとりと乳首の先端を舌で舐め上げ、そのあとちゅくりと吸い上げてくる。

「あ、ああっ」

思わず高い喘ぎ声が出てしまい、シリルは恥ずかしさで真っ赤になった。

いけないことだとわかっていても、もっと侯爵に近づきたかった。侯爵を穢してしまうのではないかと怖かったけれど、それでももっと近づきたかっただけだ。

大好きな侯爵に触れられるのが嬉しい。でも、こんなふうに淫らな真似《まね》をするのは初めてで、自分がどうなってしまうのかと怖かった。

侯爵は指と舌で左右の乳首を丁寧に愛撫する。交互に弄られているだけで、身体中が熱くなった。

「やあ……っ」

侯爵に強く乳首を吸い上げられて、シリルは我知らず下肢をくねらせた。

ズボンの中で中心が張りつめていく感覚があって、たまらなく恥ずかしかった。

「や……っ」

我慢できず、ひときわ強く腰を捻《ひね》ると、侯爵がようやく顔を上げる。

青い瞳で上からじっと見つめられ、シリルは耐えきれずに視線を逸《そ》らした。

「今さらいやだと言っても遅いぞ。それに、ここはもうその気になっているようだしな」

侯爵はそう言いながら、そっとシリルの下肢をなぞり上げた。

「ああっ！」

ひときわ強い快感が走り抜け、シリルはびくっと腰を突き上げた。

「なかなかいい反応だ」

侯爵はシリルのベルトをゆるめ、さっとズボンを脱がせる。下着も一緒に下ろされると、張りつめたものがあらわになる。

「あ、やだ……っ」

シリルは慌てて腰をくねらせたが、侯爵は素早く熱くなった中心をつかんだ。

「今さら恥ずかしがるな。気持ちよくしてやる」

「ああっ、やっ……あ、うぅ」

侯爵は大きな手で中心を包み、優しく駆り立ててくる。

どくりといっぺんに血が集中し、シリルの中心はさらに膨れ上がった。

死にそうなほど恥ずかしいのに、侯爵は青い目で冷徹にシリルの変化を見ている。

「ずいぶん、感じやすいな」

呆れたように言われ、シリルは涙を滲《にじ》ませた。

違うと否定したいけれど、侯爵の手で擦《こす》られただけで、先端の窪《くぼ》みに蜜が溜《た》まり、今にも噴き上げそうになってしまう。

それなのに侯爵は巧みに中心を撫で上げ、さらに先端の窪みまで指で刺激してくる。

「やっ、もう……もう、放して……っ」

シリルは懸命に侯爵の腕をつかんだ。

このままでは、侯爵の手を汚してしまう。

「我慢することはない。気持ちがよければ達《い》けばいい」

侯爵はそう言って、いちだんと強く中心を駆り立ててきた。

根元からきゅっと絞り上げられると、もう我慢がきかなかった。

「ああ、……あ、く……うぅ」

シリルはあっさり限界を超え、白濁を噴き上げた。止めようと思っても止まらない。侯爵の手にすべてを吐き出してしまう。

自分ひとりが気持ちよくなって、侯爵を穢してしまった。その罪深さが恐ろしく、どっと涙もこぼれてしまう。

「どうした、シリル？　泣くほど気持ちがよかったのか？」

「手を……汚してしまって……ご、ごめんなさい」

我慢できずにしゃくり上げると、侯爵はおかしげに口元をゆるめた。

「ずいぶんと他愛ないものだ。もっとすごいことをしようというのに、手を汚したぐらいで泣くとは……」

呆れたようにため息までつかれ、シリルはますます身を縮めるだけだった。

「さあ、一回達ったのだから、もういいな？　次に進めるぞ」

侯爵はそう言いながら、身を伏せてくる。

濡れた手が滑っていったのは腰の後ろだった。

あらぬ場所に指で触れられて、シリルは再びびくりとすくんだ。

「あっ」

「足を曲げて、楽にしていろ」

「やっ、そんな……」

シリルは慌てて首を左右に振ったが、侯爵にすぐ足首をつかまれてしまう。

そのまま折り曲げさせられて、あらわになった恥ずかしい窄《すぼ》まりを指でなぞられた。

「ああっ」

「さすがに硬いな」

ぽつりと呟かれ、また羞恥が込み上げてくる。

侯爵の手に出してしまっただけでも、死にそうになっているのに、今弄られているのは、排泄する場所だ。

なんの知識もなかったシリルは、どうしてそんな場所を弄られているのかさえ、わかっていなかった。

「そこ、触ったら駄目です。きたないのに……」

泣きそうな声で訴えると、侯爵は呆れたように片眉を上げる。

「やはり、一から教えるしかないか。男同士で抱き合う時は、ここを使う」

「！」

シリルは信じられなくて目を見開いた。

だが、侯爵はその狭い場所に指まで入れようとしている。

「楽にしていろ。力を入れるな。少しゆるめないと、おまえを傷つけてしまう」

「いやだ……っ、やめ……っ、そ、そんなの……駄目、です……っ」

シリルは切れ切れに訴えた。侯爵の指から逃れようと、大きく身体をよじる。

だが侯爵はシリルの腰をつかみ、今度はうつ伏せの体勢を強要する。

「要求する金額に見合うだけの働きをしてもらう。そう言ったはずだ。大人しくしてろ」

冷ややかな声が響き、シリルはびくっと硬直した。

侯爵は剥き出しの双丘を撫でまわし、それからまた窄まりに指を這《は》わせてくる。

シリルはうつ伏せで腰だけ高く差し出す恥ずかしい格好で、ぶるぶる小刻みに震えているだけだった。

何度か窄まりをなぞられて、そのあとそこに濡れた感触が貼りつく。

シリルは恐る恐る後ろを振り向き、息をのんだ。

侯爵が恥ずかしい窄まりに舌を這わせていた。様子を窺《うかが》うように、そろりそろりと舐められている。

「やっ、ああ、ぅ……ううっ」

シリルは思わず前のめりで逃げようとしたが、侯爵にすかさず腰をとらえられて、引き戻される。そして侯爵はシリルの前にも手を伸ばしてきた。

中心を握られてしまうと、もうどこにも逃げようがなかった。

「駄目……っ、そんなの、だ、め……っ、きたない……のに……っ」

恥ずかしさも頂点に達していたけれど、侯爵にこんな真似をさせてしまう申し訳なさも大きい。シリルは羽根枕に縋りつきながら、嗚咽《おえつ》を上げた。

「おまえは、こんな場所も可愛らしいな」

侯爵はさらに恥ずかしい呟きを漏らし、また窄まりに舌を這わせる。

「ああっ、……や、あ……っ」

中まで舌を入れられそうになり、シリルは思わず背中を反らした。

前も一緒に愛撫されると、いやでも身体が熱くなる。

侯爵は唾液《だえき》で濡れた場所に、そっと指まで忍ばせてきた。決して無理なことはせず、ゆるゆると中をほぐされる。

シリルは明らかに快感を覚えるようになっていた。

そのうち侯爵の指が内壁の一点を掠め、恐ろしいほどの刺激を感じる。

「ああっ、や、だ、そこ……やあ、ああっ」

シリルは恥ずかしげもなく、高い声を放ちながら腰を震わせた。

「ここが気持ちいいのか？」

「やっ、ああっ……くぅっ」

腰をよじって逃げようとしても、同じ場所ばかり指で押される。

こんな目に遭っても侯爵の手に包まれた中心が、ますます張りつめていく。中に入れる指の数を増やされると、先端からまた新たな蜜《みつ》が溢《あふ》れてきた。

狭い場所を無理やり掻《か》き回されているのに、気持ちがよくてたまらなかった。身体が熱くなるのを止められない。それに侯爵にいけないことをされているという禁忌が、よけいに快感を増長させている気さえした。

シリルを散々悶《もだ》えさせたあと、侯爵はゆっくり指を抜く。

優しく抱き起こされて、身体を表に返された。

顔を見られるのが恥ずかしく、思わず横を向くと、侯爵はそっと頬を撫でてくる。乱れた蜂蜜色の髪も払い除《の》けられて、シリルはまた泣きそうになった。

「シリル、おまえを抱きたい。……だが、どうしてもいやなら」

侯爵はシリルの耳に口を寄せ、優しく囁《ささや》く。

「ん、っぅ」

今になってこんなことを訊かれるなんて、たまらない。だから、シリルは自分からしっかりと侯爵の首に腕を回した。

大好きな侯爵とここまで身近で触れ合えるなんて、この機会を逃せば、もう二度とないだろう。だから、いけないことだとわかっていても、自分では止められなかった。

「それなら、いいんだな?」

侯爵は何故か焦ったように言い、シリルの腕を巻きつかせたままで、ズボンの前を探っている。

そのあと腰を抱え直されて、足を大きく開かされた。

「あ……っ」

蕩かされた窄まりに、熱く滾《たぎ》ったものが擦りつけられる。思わず息をのんだ瞬間、硬い先端でぐっと狭い場所が割り広げられた。

「……うう……く、うぅ」

逞《たくま》しい侯爵は少しずつ奥まで進んでくる。

あまりの圧迫感で息を詰めると、侯爵は優しい声で宥めてくる。

「大丈夫だ、シリル。可愛いおまえを傷つけたりしない。だから力を抜いて、私に全部預けるんだ。いいな?」

「あ……あぁ……」

狭い場所がみっしりと巨大なもので満たされる。苦しかったけれど、痛みはなかった。

「シリル……」

侯爵はしっかりシリルの腰を抱き、澄みきった青の瞳でじっと見つめてくる。

何故か優しげな光を感じて、シリルは涙を滲ませた。

「いやだと言っても、もう遅いぞ。シリル、私とおまえはひとつになった」

「……ひとつに?」

「ああ、そうだ。こうしておまえの中にいるだろう」

侯爵は存在を示すように、そっと腰を揺らした。

硬いもので壁を押されると、思わぬ刺激が身体中を走り抜ける。

「ああ……んっ」

シリルは我知らず甘い声を上げた。

侯爵は下肢を乱しただけで、まだ上にシャツを着ている。それでも、身体の一番奥深くで、ひとつに繋《つな》がっているのだ。

「おまえは本当に可愛い……シリル……おまえが欲しくて、我慢できなかった……」

「あ、うぅ……侯爵……あ、んっ」

巨大なものをゆっくり引き抜かれ、また奥まで押し戻される。侯爵は決して急がず、シリルに動きを教えていく。

熱く蕩けた壁を硬いもので擦られるのは、たまらなかった。指で覚えさせられた敏感な場所を掠めていくと、明らかな快感に襲われる。

「シリル、おまえがどんな人間だろうと、もう放さない……ずっと私のそばにいろ」

「……侯爵の、おそばに……？」

「ああ、そうだ。ずっと私のそばにいればいい」

「う、嬉しい……ああっ」

侯爵はいきなり大きく動き始めた。

身体の奥を揺さぶられ、シリルは懸命に、侯爵にしがみついた。

抽送がさらに激しくなり、快感で頭が真っ白になっていく。

「ああっ、く、ふっ……あぁ」

身体の奥からまた熱いものが迫《せ》り上がってきて、今にも弾《はじ》けてしまいそうになった。

「さあ、シリル。一緒に達くんだ」

「あっ、……んんっ、ああっ」

ひときわ大きく最奥を抉《えぐ》られて、シリルはあっさりと上り詰めた。

「くっ」

侯爵もシリルの中に、どくっと欲望を放つ。

「あ……ん、……うく……ぅ」

一番深い場所を熱いもので満たされ、シリルはがくりと仰《の》け反った。でも侯爵は最後までシリルを放さず、しっかりと抱きしめている。

「シリル……私はおまえを……」

耳に何か囁かれたが、意識を保っていられなかった。

「……好き、……うぅ」

シリルは最後にそう呟いて、真っ白な世界に身を委《ゆだ》ねた。

8

広い寝台でぐっすり眠りについているシリルを眺めながら、スチュアートは深いため息をついた。

羽根布団から、蜂蜜色の頭だけが覗《のぞ》いている状態だ。

昨日、思わぬ熱情に駆られて、シリルを抱いてしまった。それも一回で終わらず、何度もしつこく抱いた。

まったくの初心者だったシリルは疲れ果て、起床の時刻になっても目覚める様子がない。

スチュアートは手早く着替えて、次の間に移り、改めて使用人を呼ぶ紐を引いた。

紐は各部屋に用意されており、使用人が待機する地下でベルが鳴る仕組みだ。スチュアートは実際に見たことはないが、ベルは部屋の数だけ並んでおり、下にそれぞれの部屋の名前が書いてある。どの部屋でベルが鳴らされたか、ひと目でわかるようになっているのだ。

待つほどもなく、執事が新聞と紅茶を持って現れる。

「おはようございます。申し訳ございません。シリルは手が空《あ》いておりませんでしたので」

「ああ、わかっている。シリルなら隣の寝室で寝ている」

「侯爵の寝室で、でございますか?」

執事はあくまで生真面目《きまじめ》な表情を崩さないが、内心ではさぞ驚いていることだろう。

いや、このバートンならば、すべてを承知しているかもしれないが……。

「昨日、具合が悪そうだったので、私の寝台で休むように命じたのだ。しばらくの間、起こさないでやってくれ」

スチュアートは肘掛《ひじかけ》け椅子にゆったり腰を下ろし、執事が注いだいつものアッサムを口に運びながら、さりげなく命じた。

「かしこまりました」

「それと、昨日来た弁護士」

「カーティス氏、でしょうか？」

「ああ、その弁護士だ。連絡が取れるか？」

「はい。カーティス氏は村のホテルに宿泊すると言っておられましたので、すぐに連絡ができるかと思います」

テーブルのそばに立つ執事は、何事にもよどみなく答える。

「では、そのカーティスに伝えてもらいたい。昨日申し出のあった件は、すべて承諾すると。それと要求された総額を聞き、こちらから支払う日も決めておいてくれ」

「侯爵は立ち合われなくてよろしいのですか？」

「ああ、私は朝食後、すぐに倫敦へ発《た》つ。だから、弁護士の件はおまえに任せる」

「かしこまりました。ですが、朝食後すぐに発たれるようでしたら、やはりシリルを起こしたほうが」

「いや、シリルは連れていかない。昼まで、いや、自分から起きてくるまで寝かせておいてやれ。掃除も後回しにするように」

「承知しました。では、シリルの代わりにお連れになる従者は、誰がよろしいでしょう? 私は弁護士に会いますので、他の者を……」

「連れはいらない。ひとりで大丈夫だ」

スチュアートがそう言うと、執事はかすかに目を細める。

――貴族たる者、外出には必ず使用人を何人か連れていくべし。

コート伯爵未亡人なら、すぐにそう言うだろう。執事のこの顔も、スチュアートの単独行動をよく思っていない証拠だ。

「忘れたか? 私は中流の出だ。二本の足で、どこへでも行けるぞ」

冗談めかして言ってやると、執事はわざとらしく咳払《せきばら》いをする。

「失礼しました。それでは、すべて仰《おお》せのとおりに……」

スチュアートは物わかりのいい執事に、にやりと笑みを見せた。

「ところで、倫敦でのご滞在はどのぐらいになりますか?」

「一日……では無理か。明日、用事を済ませ、明後日には戻る」

「わかりました。では、お支度を整えさせていただきますので」

執事はそう言い置いて、下がっていく。

スチュアートは紅茶を飲み干してから、寝室へと戻った。

まだカーテンを引いたままなので、室内は薄暗い。

寝台のそばまでいくと、シリルはぐっすり眠っていた。そっと顔を近づけると、長い睫《まつげ》がぴくりと動く。

ふいに胸を焦がすような愛《いと》しさに駆られ、頬に口づけたくなった。

しかし起こしてしまうのも可哀想だと、スチュアートは苦笑しつつ衝動を堪《こら》えた。

この無垢な若者に、すっかり振り回されている。

そしてシリルがどんな人間であろうと、ずっと放さずにそばに置きたいと思っている。

それが今のスチュアートの、心からの願望だった。

†

シリルが目覚めたのは、陽《ひ》が高くなろうかという頃だった。

目を開けた時、自分がどこにいるのかわからなかった。けれども次の瞬間、シリルは恐怖で青ざめた。

「ぼく……ここ、侯爵の……っ、嘘《うそ》……っ、どうして……」

シリルは恐慌をきたし、慌てて寝台から下りた。

激しい動きで、身体のあらぬ場所がずきりと痛む。それでシリルは、昨日侯爵に抱かれてしまったことも思い出した。

羞恥が込み上げて、かっと頬が熱くなる。

ふと自分の格好を見ると、袖とズボンの裾が幾重にも折り曲げられた夜着を着ていた。これは明らかに侯爵のものだ。

そしてきょろきょろと室内を見回したが、肝心の侯爵の姿がどこにもない。

「着替え……ぼくの服……、あった」

昨日着ていた空色のお仕着せは、きちんと折りたたまれて、寝台の脇に置かれた肘掛け椅子の上に載せてあった。

自分ではやった覚えがないので、もしかしたら侯爵だろうか？

シリルはますます焦りを覚え、急いでそのお仕着せに着替えた。

寝台を軽く直し、借りた夜着を丸めて小脇に挟み、急いで寝室を出る。だが次の間にも侯爵の姿はなかった。

どうしよう。大変なことをしてしまった。侯爵の寝台で眠りこけていたなんて、許されない大失態だ。

昨日、思いがけず侯爵に抱かれて、すごく幸せな気分だったのに、これでは台なしだ。

そしてシリルは、廊下で会った執事から、侯爵の留守を知らされたのだ。

「侯爵は倫敦に行かれた。お帰りは明後日だ」

「倫敦に？」

シリルは呆然と呟いた。

侯爵の従者なのに、お供ができなかったのだ。それでますます気持ちが落ち込む。

「ところでシリル、カーティス弁護士がおまえに会いたいそうだ」

シリルは首を傾げた。

名前は聞いたことがある。侯爵が口にしていたし、孤児院の院長からも聞いた名だ。

「ぼくになんの用でしょうか？」

「それは弁護士に会って、直接確かめたほうがいいだろう。村のパブでおまえを待っているそうだ」

執事はなんの感情も交えずに言う。

「わかりました。それじゃ、休み時間をいただけたら、パブまで行ってみます」

「侯爵はお出かけだ。今のところ、おまえの仕事はない。それと、手続きはすべてこちらで行うから、おまえは何も心配しなくていいぞ。用件はそれだけだ」

執事はそれだけ伝えると、さっさと廊下を歩き出す。

いつも忙しそうにしている執事を、これ以上煩わせたくない。何が起きているかは、弁護士に会えば明らかになるだろう。

†

それから一時間ほど経った頃、チェックの上下という自分の服に着替えたシリルは、城に出入りする荷馬車に乗せてもらって村に向かった。

鉄道の駅舎はできているが、さほど大きな村ではない。村のパブは一軒だけで、迷う心配はなかった。

荷馬車から降りたシリルは、カランコロンと鳴るベルのついた扉を押してパブの中に入る。

店内は薄暗く、カウンターの向こうに立っている店主の他、客は三人しかいなかった。

テーブル席に腰かけ、エールを飲んでいるのは、スワン城の使用人。あのいやなジム・ブラウンだった。おそらく休憩時間を利用してパブまで息抜きに来たのだろう。ジムの向かいでは友人らしい大柄な男が一緒にエールを呷《あお》っている。

シリルはジムに会釈《えしゃく》だけして、焦げ茶の服を着た三人目の男に声をかけた。

「あの、カーティスさんですか？　ぼく、シリル・フレミングです」

シリルが帽子を脱ぎながら挨拶すると、カウンター席に腰かけていた若い男がすぐに振り返る。小柄だが、金髪と青い目を持つハンサムな男で、身なりも立派だ。

「君がシリル？」

「はい、そうです」

カーティスは品定めでもするかのように、シリルの頭から爪先《つまさき》までを眺め下ろした。

「十六歳と聞いていたが、本当に若いな」

「は、あ……」

「とにかくシリル、君に朗報がある。ヴァレンタイン侯爵がとうとう条件をのんだ。これで君も中流階級の仲間入りだ。これからは裕福な暮らしができる。ヴァレンタイン侯爵から勝ちを奪い取った私に、感謝してくれたまえ。なに、報酬は規定どおりに頂くだけだ。私には侯爵から勝ちを得たという賞賛が寄せられるだろうから、それが特別手当の代わりだ」

いきなり滔々《とうとう》とまくし立てられて、シリルは目を見開いた。

話の中身は要領を得ない。だが、侯爵の名前を出されて、黙ってはいられなかった。

「なんの話をなさっているのですか？　侯爵に勝ったとか、ぼくがお金持ちになるとか……」

いやな予感に襲われながら、シリルは毅然と訊ね返した。

「なんだ、私の話が理解できなかったのか？　まったく、これだから教育のない者は……。まあいい。説明しよう。孤児院院長を務めるマーサ・ライトから相談を受け、私は君の代理人となることを引き受けた。君はヴァレンタイン侯爵から年金を受給する資格があるのに、侯爵家は長年この義務を怠っていた。それで未払い分の年金に加え、慰謝料を請求した。昨日スワン城で面会した時、侯爵はかなり怒っている感じだったが、今朝になって非を認めたのだ。侯爵はスワン城の執事を代理人とし、事務手続きも無事に終了した。あとは実際に金を受け取るだけだ。この期日については」

「ちょっと待ってください！」

シリルは思わず叫んだ。

大声を出したせいで、さしもの弁護士も黙り込む。

「年金の話ならもういいんです。院長先生にもそう伝えました。院長先生は、弁護士にも断りを入れておくからと……なのに、どうしてあなたはスワン城へ行ったのですか？」

「君が言うように、院長から断りの手紙は貰った。しかし、あの人はもう年だ。事の重大さがわかっていない。君には年金を受け取る資格がある。しかもかなり高額の年金だ。契約の内容さえ確かめられたら、ちゃんと受け取れる金を、みすみす逃す手はないだろう。だから私は親切で、話を進めることにしたのだ。駄目だった場合でも、君に手数料を請求するつもりはなかったのだからね」

「そういう問題じゃないでしょう」

勝手な理屈を並べ立てるカーティスに、シリルは怒りを覚えた。

親切のつもりだったのかもしれないが、シリルにとってはかえって迷惑だ。

何よりも、大切な侯爵をこんな問題で煩わせるなんて、とんでもない話だ。

「カーティスさん。ぼくはあなたに代理人を頼んだ覚えはありません。勝手な真似をしないでください」

「君は何を言ってるんだ？」

「申し訳ないですが、バートンさんと交わした約束というのは、取り消してください」

シリルが硬い声で言うと、カーティスははじめて慌てた様子を見せる。

「君は何もわかっていない。これは正当な請求で」

「いいえ、わかっていないのは、あなたです。ぼくが頼んでもいないことを、ぼくの名前を使ってやるなんて……」

シリルは悔しさのあまり、唇を噛みしめた。

カーティスのほうも思わぬ展開になって、怒りで顔を赤くしている。

「もう一度言う。君は何もわかってない。この契約はすでに締結している。法的にも認められる正規の約定《やくじょう》も取り交わした。今さら辞退はできない。もう済んだ話だ」

冷ややかに断言され、シリルは呆然となった。

「取り消せない……？」

「ああ」

弁護士は馬鹿にしたように顎を上げる。

シリルはふらりとなって、思わずカウンターに両手をついた。

高慢な弁護士はそれを横目にしながら立ち上がる。

「親切でしてやったことなのに、恩を仇《あだ》で返され、気分が悪い。私はもう倫敦へ引き揚げる。受け取りの期日は、二、三日中に私の事務所まで知らせてくる。お金も一時的に預かることになっている。今後は君のほうから倫敦に出向いてくれ。わざわざこんな田舎《いなか》まで出向いて気分の悪い思いをするのは、御免だからな」

カーティスは痛烈な捨て台詞《ぜりふ》を残し、パブから出ていってしまう。

シリルは何をどうするべきか、まだ頭が混乱していて、しばらくは動くこともできなかった。

だが、そんな時に、にやにや笑いながら話しかけてきたのは、ジムだった。

「おい、シリル。ずいぶんうまい話じゃないか。この前、孤児院の院長とかいう婆《ばあ》さんが城に来た時も小耳に挟んだが、あの夢みたいな話、ただの冗談じゃなかったんだな？　すかした弁護士先生まで出てきて、いよいよ金持ちになれるっていうのに、それを断るとか、おまえ、正気か？　なあ、考え直したほうがいいぜ？」

馴《な》れ馴れしく肩を抱き寄せられて、シリルは反射的にジムの手を振り払った。

「触らないでください。それに、これはあなたには関係ない問題ですから」

「ちっ、可愛いだけかと思ったら、案外気が強いな、おまえ……だが、そんなところも気に入ったぜ。シリル、金持ちになっても仲よくしてくれよ？」

「ぼくはお金持ちにはなりません」

シリルはきっとジムを睨みつけた。

「おお、怖……」

ジムはふざけたように両手を広げる。そして、何か悪巧みでもしていそうな感じで、にやにや笑いを続けていた。

シリルはもうジムと話をする気にもなれず、黙ってパブから引き揚げた。

とにかく一度スワン城に帰って、執事に相談してみるしかないだろう。

†

スワン城に戻ったシリルはさっそく執事を探したが、あいにく用があって外出してしまったという。

ため息をついていると、使用人用の区画で擦《す》れ違ったキティとエバが、次々に声をかけてくる。

「どうしたの？　なんだか暗い顔してるね？」

「侯爵に置いていかれて、落ち込んでたりしちゃ駄目だよ？」

陽気なふたりのメイドに、シリルは弱々しい笑みを向けた。

「駄目、駄目。もっと笑って」

「あなたは私たちの希望の星。出世頭なんだから、頑張ってよ？」

バンと背中を叩いて励まされ、シリルはじわりと胸が熱くなった。

大勢の使用人の中にはジムのようにいやな者もいるが、キティとエバはいつも親切だった。それに家政婦長も変わらず優しくしてくれる。

大好きな侯爵がいて、大好きなクイーンもいて、おまけに優しい人たちに囲まれて……。

スワン城は失いたくない大切な場所だ。

だからこそ、これ以上侯爵に迷惑はかけたくなかった。

シリルは私服から空色のお仕着せに着替え、侯爵の部屋に向かった。留守なのはわかっていたが、部屋の様子を確かめておきたい。

侯爵が倫敦から戻った時、ちゃんと寛《くつろ》いでもらえるように、すべてをきちんと整えておきたかった。

人気《ひとけ》のない部屋に入っていくと、急に寂しさに襲われる。侯爵が明後日まで戻らないとわかっているせいか、よけいに寂しさをひしひしと感じた。

居間はきちんと清掃が行き届き、温室の花もきれいに飾られている。家政婦長の指導の下、メイドたちがしっかり務めを果たしている証拠だ。

ひとつだけ、主が留守なので、暖炉は焚《た》かれていない。だから、部屋はひんやりとしていた。

シリルは寝室にも足を向けた。

天蓋《てんがい》付きの巨大な寝台を見ただけで、昨日侯爵に抱かれた記憶が蘇《よみがえ》り、頬が赤くなってしまう。パブまで往復したりして動き回ったけれど、本当を言うと身体がまだだるかった。でも、それも侯爵に抱いてもらった名残《なごり》なのだ。

くしゃくしゃだったシーツはきれいに取り替えられて、カバーもしっかり掛かっている。

シリルがここで抱かれた跡は、もうどこにもなかった。

身体にはまだ恥ずかしい感触が残っている気がするけれど、誰もいない部屋にいると、昨日のことが全部夢だったようにも思う。

それに、パブで弁護士に会って、侯爵が怒っていた理由もわかってしまった。

あれだけ優しくしてもらっておきながら、なんという恩知らずだと思ったことだろう。

年金のことなんて、最初から当てにはしていなかった。先祖の誰かがこの城に所縁《ゆかり》のある人だったなんて、孤児のシリルには夢のような話だ。とても現実とは思えない。それどころか、誰かに騙《だま》されたのではないかと思うほどだ。

それなのに侯爵は、あんなひどい請求を認めたという。

もしかして、自分を抱いたから、お金を与えようと考えたのかもしれない。

受け取るお金に見合う仕事をしろと言われたのも、そういうことだったのだ。

お金のために侯爵に抱かれたなんて、悲しすぎる。そんなつもりはまったくなかった。

侯爵に求められ、ひとつになれたことが嬉しくて仕方なかったのに……。

そして、自分は侯爵に迷惑をかけているだけなのだと思うと、胸が痛くなった。

大好きな侯爵の役に立てる人間になりたいのに、逆のことしかできていないのが悔しかった。

シリルはすっと寝台のそばに置かれたテーブルに目を向けた。

写真立てが置いてあって、中のひとりをじっと見つめる。

自分と顔立ちが似ている、でも、比べものにならないぐらいに美しい女性……。

――アネット様は、侯爵の初恋のお相手だ。

ふいに前任従者の声が蘇る。

もしかしたら、侯爵はまだこの女性を愛しているのかもしれない。だからこそ、結婚はしないと宣言して、シリルを偽の婚約者に仕立て上げた。

そして顔立ちが似ているから、愛する人の面影を求めて自分を抱いたのではないだろうか。

きっかけは、年金話のせいで怒りを覚えたせいかもしれない。でも、すべての基となったのがこの女性だとすれば、ジグソーパズルのピースがぴたりと収まる。

シリルは身体中から力が抜け、がくりとその場でしゃがみ込んだ。

涙が溢れてきて、止まらなくなってしまう。

侯爵に愛してほしいなんて、そんな高望みはしたことがなかった。ただ従者として、そばにいられるだけで幸せだったのだ。

だけど、侯爵に抱いてもらって、欲が出てしまった気がする。

そばにいられるだけでいいなんて、大嘘だ。侯爵には心に想う人がいるとわかっただけで、胸が張り裂けてしまいそうだった。強欲な守銭奴だと誤解されているのもつらい。

そばに置いてもらって、ほんの少しでもいいから愛してもらえたらと、そんな高望みをしてしまう。

自分は迷惑をかけるだけの存在なのに……。

男同士で背徳的な行為をするだけで、侯爵を穢《けが》すことになるのに、また抱いてほしいなんて、思ってしまって……。

「駄目だ……これ以上は駄目……ぼくなんて、ここに置いてもらう資格がない。ここにいたら、駄目なんだ……っ」

シリルは涙を溢れさせながら呟いた。

侯爵を愛している。

このスワン城にやってきた最初の日に侯爵と出会い、優しくて立派な人だと思った。それから婚約者の役をやることになって、さらに侯爵の優しさを知った。

尊敬と憧《あこが》れの気持ちがいつから、こんな恋心に似た思いになったのか……。でも、侯爵に抱かれたことで、シリルははっきりと自覚した。

侯爵が好き。初恋の女性に嫉妬してしまうほど、侯爵を愛している。

でも、だからこそ、迷惑をかけるだけの自分は、ここから去るべきだ。

それが自分にできる、たったひとつのことだ。迷惑をかける自分が消えれば、侯爵はきっと煩わしい思いから解放される。

だから、どんなに苦しくても、自分はスワン城から去るべきなのだ。

シリルは誰もいない部屋で、両手で膝を抱えながら、いつまでも涙をこぼしていた。

つらい決心が、揺らがなくなるまで、ずっと長い間、泣き続けていた。

†

トーマス・ドイルは倫敦の中心街で事務所を開いていた。

貴族の血を引き、父の代からやり手の弁護士でとおっているわりには、案外こじんまりとした事務所で、内装も地味だ。

「スチュアート、いきなり現れるとは、驚くじゃないか。もう三日もすれば、スワン城へ行く予定なのに……しかも、君はひとりで来たのか?」

いきなり事務所を訪ねたスチュアートに、トーマスは驚きの声を上げた。片眼鏡《かためがね》を掛けた目をおかしげに細めているのは、使用人を連れていないことを揶揄《やゆ》しているのだろう。

「待っていられないから、わざわざ足を運んだんだ。遠方から訪ねてきた友に、お茶のひとつも出したらどうだ？　キリト、いるんだろ？」

スチュアートは勝手に長椅子に座り込み、スワン城で前任従者だった男の名前を出した。

キリト・オーウェンが辞めたのは、トーマスの事務所に引き抜かれたからだ。

「キリトはもう君のところの使用人じゃない。うちの助手だ。気やすく使うな。代わりに私がお茶を淹《い》れるから、それで我慢しろ」

「ああ」

スチュアートはおざなりに頷いた。

トーマスは気軽に隣室へと足を運び、さして待つほどもなく、紅茶を運んでくる。

スチュアートはカップからひと口飲んだだけで、顔をしかめた。

「不味《まず》い」

「文句を言うな」

スワン城ではもっと上品な物言いをせざるを得ないが、この事務所ではパブリックスクール時代と同じ調子でやり取りができる。

だがスチュアートは、紅茶のカップを置いて、おもむろに用件を切り出した。

「シリルの件、もう一度調べてもらいたい」

「ちょうど、その件で新発見があったところだ。君に報告しなくてはと思っていた」

向かい側に腰を下ろしたトーマスに言われ、スチュアートは眉根を寄せた。

「なんだ、その新発見とは？」

「以前、君から頼まれた年金の受給者リストを、もう一度調べ直してみた。君は資格がない者を切り捨てろと言ったが、その逆で、資格があるのに行方《ゆくえ》不明で、年金を受け取っていない人物がいたのだ」

「行方不明？」

「ああ、前侯爵がその人物に当てた取り決めはこうだ。アルバート・ヴァレンタインの孫に年一万ポンドの年金を与える」

「アルバートって誰だ？」

「前侯爵の叔父に当たる人物だよ」

「しかし、その叔父上の孫とは、また曖昧《あいまい》な言い方だな」

スチュアートの指摘に、トーマスはにやりと口元をゆるめた。

「ああ、そこに罠《わな》があった。ヴァレンタイン家の三男として生まれたアルバートには放浪癖があり、若い頃にスワン城を出て、二度と戻らなかったそうだ。彼は生涯独身をとおしたが、息子がひとりいた」

「おい、どういうことだ？」

スチュアートはすかさず問い返した。

しかしトーマスは悠然とした調子を崩さない。

「彼には庶子がいたということだ。前侯爵が後継者探しをしていた時に、その庶子の存在が浮かんできた。しかし、残念なことにその人物はすでに故人だった。それでさらにその息子の話になる」

「だが、血筋が確かでも庶子では爵位が継げないだろう」

「そのとおり。それで君に爵位が巡ってきたというわけだ」

「さほど、ありがたい話でもなかったがな……」

スチュアートはため息混じりに吐き出した。

「前侯爵は爵位を君に譲ると決めたが、その庶子の息子の存在も無視できなかった。それで年金を支給することにしたのだ」

「ま、妥当な判断だな」

「アルバート・ヴァレンタインの孫は、サイラス・フレッチャーという名前になっていた。CYRUS……」

トーマスはわざわざサイラスのアルファベットを読み上げる。

そこでスチュアートははっとなった。

「まさか、シリルか？　ＣＹＲＩＬ……二文字違いだ」

「ああ、間違いないと思う。苗字《みょうじ》もフレミングとフレッチャー、最初の三文字が同じで似ていなくもない。規約を取り交わす際に、書き間違いが生じたものと推測される」

「いったい誰が間違えた？　そんな重大なミスを犯すとは許されないぞ」

スチュアートは唸《うな》るように言った。

今まで散々、シリルを強欲だと決めつけてきたが、本当に年金を受け取る資格を持っていたことが明らかになったのだ。

不可抗力だったとはいえ、自分の不明が腹立たしい。

「シリルはその当時、まだ子供だった。うちの父が後継者探しに協力を要請した人間は、それこそ山ほどいる。だが年金の取り決めを行った相手方は弁護士だったようだ。確か」

「カーティスか？」

「どうしてその名を？」

トーマスは驚いたように片眉を上げる。

そしてスチュアートはうんざりと吐き出した。

「いけすかない野郎だ。昨日、スワン城に押しかけてきた。だが、奴は若造だったぞ」

「スチュアート、君は侯爵なんだぞ。なんだ、その品のない物言いは……」

トーマスは嘆かわしいと言わんばかりに、わざとらしく額《ひたい》に手を当てる。

だがスチュアートは、揶揄するような忠告には耳を貸さなかった。

「おまえのところが代替わりしたのと一緒で、カーティスも代替わりしたのか……それと、孤児院の職員で取り決めを行ったんだな？」

「ああ、孤児院の院長だ。いずれにしても、誰が間違えたか特定するのは無理だろう。うちの父が記載を間違えたか、それとも、カーティスの事務所から誤った報告を受けていたか……契約書の写しも薄くて読み取りづらくなっていれば、もうお手上げだ。それに犯人を探すより、もっと先にすべきことが」

「ああ、そのとおりだな」

スチュアートはそう言って、すっと長椅子から立ち上がった。

「おい、スチュアート？」

「スワン城へ帰る」

「もう汽車はないぞ」

「馬車で行く」

「雪のせいで通行止めになっている道があるらしい。明日まで待って、汽車で帰ったほうが賢明だ。少し頭を冷やしたらどうだ？」

トーマスに呆れたように言われ、スチュアートはため息をついた。

一刻も早くスワン城に戻り、シリルに謝罪したかった。しかし、焦ったところで、どうしようもない。

「そうだな。頭を冷やす必要がありそうだ」

「それならクラブに行って一杯やることにしよう」

「仕方ないな」

スチュアートは気乗りのしない声で言い、帽子掛けからトップハットを取り上げた。

9

シリルが辞職の意志を伝えたのは、翌日の朝だった。

「どうしても辞めたいと言うなら、引き留められないが、せめて侯爵のお帰りを待つぐらい、いいのではないか？」

執事は専用の小部屋で、言葉を尽くしてくれる。

それでもシリルの決意は硬かった。

侯爵にひと目だけでも会いたかった。でも、会ってしまえば絶対に気持ちが揺らいでしまう。だから、侯爵が留守の間にスワン城を去るのが一番いいと思う。

「申し訳ありません。これ以上ご迷惑をおかけしたくないので……」

シリルは頑強に言い張った。

執事はほっと深くため息をつく。

「残念だが、仕方がないな……それじゃ、これがおまえの給金だ。それから、これも返しておこう」

テーブルの上に差し出されたのは、分厚い封筒だった。婚約者役の報酬だと渡されたものを、執事が預かった形になっていた。

「ぼく、これは貰えません」

「何を言う。これは正当な報酬だ。遠慮する必要はない。受け取っておきなさい。それに、孤児院のほうに寄付するという手もあるのではないかね？」

執事はさりげなく痛いところを突いてくる。

いつまでも意地を張っていても仕方がないと、シリルはありがたくお金を受け取ることにした。

執事のバートンには本当に世話になっていたので、別れるのを寂しく思う。

カーティスの無謀な請求に関しても、撤回したいと言うと、協力してもらえることになった。スワン城の顧問弁護士ドイルは、凄腕《すごうで》だそうなので、うまく処理してくれるだろうとのことだった。

「それじゃ、今まで本当にお世話になりました」

シリルは丁寧に挨拶して、執事に別れを告げた。

廊下に出ると、キティとエバが駆け寄ってくる。

「シリル、急に辞めちゃうなんて、寂しいわ」

「どうしてなの？　もっと一緒に働きたかったのに」

「ごめんね。みんなにはよくしてもらったのに、急に辞めることになって……」

シリルはふたりと抱擁を交わし、それから優しくしてくれた家政婦長に向き直った。

「お世話になりました」

「寂しくなるわ、シリル。時間ができたら、またスワン城に遊びに来てね」

「ありがとうございます」

家政婦長はうっすら涙を浮かべており、シリルも泣いてしまいそうになる。

それでも最後まで頑張って、スワン城の使用人ひとりひとりに挨拶をしてまわった。

クイーンと別れるのもすごく心残りだ。でも女王様とは今朝早く湖まで散歩に出かけて、根気よく言い聞かせた。

「クイーン、寂しくなるけど、これからは侯爵に甘えるんだよ？　それから、ご主人様の命令はちゃんと聞くこと。いいね？」

クイーンはシリルが去ってしまうことを察したのか、悲しげに吠えた。

でもシリルはぎゅっとクイーンを抱きしめたあと、泣く泣く犬舎に戻したのだ。

皆に挨拶を済ませたシリルは、出入りの業者の荷馬車に乗せてもらって村まで向かった。

荷物は最初に持ってきたものだけ。でも、侯爵にプレゼントされた手袋だけは付けている。

「これは本当にプレゼントしてくださったのだから、貰っておいてもいいよね？」

荷馬車には幌がかけてあるけれど、時折雪が吹き込んでくる。シリルは冷たくなった頬に、そっと手袋をした両手を押しつけた。

この手袋は一生の宝物だ。

そして侯爵と過ごした幸せな日々も……熱く抱かれたことも、全部、絶対に忘れない。

シリルは挫《くじ》けそうになる気持ちを必死に立て直した。

荷馬車は湖沿いに広がる森の小路《こみち》を駆けていく。

枯れた小枝にふんわり雪が積もっている。そして、木々の間からきれいな湖が覗いていた。

寒そうに集まっている白鳥たち……。向こう岸に白い四阿《あずまや》が見え、さらにその向こうには、スワン城が優美な姿を浮かび上がらせていた。

これが最後かもしれない。だから、この幻想的で美しい景色も絶対に忘れない。

シリルは涙で曇った目で、懸命にスワン城を取り巻く景色を眺めていた。

荷馬車は湖から離れ、森から村へと抜ける道を走り始める。

だが、その時、突然荷馬車が止まり、荷台が大きく揺れた。

馬の嘶《いなな》きと激しく言い争う声が聞こえてくる。

何事が起きたのかと、シリルは荷台から伸び上がるようにして、御者の様子を見た。

「何するんだ、おいっ！」

「悪いがこの荷馬車、しばらく借りるぜ。なあに、隣の村あたりまで行ったら、そこに置いとくから、あとで取りにくればいい」

「何言ってるんだ、あんたたちは！」

「文句があるなら、侯爵様に訴えればいい」

「ああっ！」

どこからか突然現れたのは、ふたりの屈強な男たちだった。身なりはさほど悪くないのに、まるでならず者のように、御者に襲いかかっている。

シリルは胃の腑《ふ》がぎゅっと縮むような恐怖を感じた。

でも、御者を助けないと！

勇気を振り絞って荷台から下りようとすると、ならず者のひとりが、すっとこちらに視線を移す。

「あっ」

御者に襲いかかっていたのは下僕のジムだった。もうひとりの男はパブで見かけたジムの知り合いだ。

「よお、シリル。おまえを迎えに来てやったぜ？」

ジムは荷台まで足を運び、気楽な調子で話しかけてくる。

その間に、もうひとりの男が、馬車から御者を引きずり下ろしてしまった。

「何してるんです？　どうしてこんなひどいこと！」

シリルは夢中で抗議したが、ジムはにやにや笑いながら荷台に乗り込んでくる。

「言っただろ。おまえを迎えに来たって。なあシリル、俺たちにもおまえの分け前寄こせよ。おまえは断ってしまうとか、信じられないことを言ってたが、そりゃ、ないよ。俺たち貧乏人には一生拝めないような大金を手にできるんだぜ？」

「そんなの、あなたに関係ないじゃないですか」

ジムの身勝手さに呆れ、シリルはきつい声を出した。

「だから、これからおまえと関係を作るんだよ」

ジムにぐいっと手首をつかまれ、シリルは怯《ひる》みそうになった。それでも、非道な真似は許しておけない。

「何、馬鹿なこと言ってるんですか」

「前にも言っただろ？　おまえを好きだって。おまえ、侯爵にキスされただけじゃなく、最後まで抱かれただろ？　雰囲気、変わったもんな」

うっすら髭《ひげ》の生えた顔を近づけられて、シリルはさらに恐怖を感じた。

スワン城の使用人は皆、親切でいい人だったのに、このジムだけは例外だ。

怖いけれど、これだけは言っておかなければと、シリルは勇気を振り絞った。

「ぼ、ぼくはもう……スワン城の勤めを辞めたんです。だから、侯爵とはなんの関係もありません。侯爵を誹謗《ひぼう》するなんて、や、やめたほうがいいです」

「だからさ。今日ここでおまえを捕まえたのは、執事に年金話を断ってるのを聞いたからだ。せっかくの儲《もう》け話なのに断るなんてもったいない。まったく、ゆっくりおまえを説得しようと思っていたのに、いきなり辞めるとか言い出すから焦ったぜ」

ジムがそんなことを言っている間に、荷馬車が動き出す。

「どこへ行くんです？　ぼく、降ります！」

シリルはとっさに飛び降りようとしたけれど、ジムに強く手をつかまれていて、目的が果たせなかった。それどころか、動いた拍子に手袋が片方、脱げてしまう。

「大人しくしてろ」

シリルは一瞬自由になった手首を、再びジムにぐいっとつかまれた。

「やっ、放せよっ！」

シリルは懸命に暴れた。

だがジムと揉《も》み合ったせいで、脱げた手袋が荷台から落ちてしまう。

「ああっ、ぼくの手袋！」

シリルは必死に自由なほうの手を伸ばしたが、荷馬車はどんどん速度を上げる。

雪の上にぽとんと手袋が残され、その向こうに倒れている御者の姿が小さくなっていく。

「放して！　ぼく、降りるから……っ」

シリルは無我夢中で暴れた。しかし、ジムはシリルの細い身体を羽交い締めにする。体格差があって、とても敵《かな》わなかった。

「シリル、いい目を見させてやるから、おまえ、俺のもんになれよ。おまえの弁護士には、昨日駅で話をつけておいてやった。俺に任せておけば大丈夫だ」

「…………っ！」

シリルは呆然とジムの勝手な計画を聞かされていただけだ。

いくらもがいても、逃げられなかった。

†

スチュアートは駅舎から馬車に乗って、スワン城に向かった。

村から城までの道は何本かとおっている。そのうち一番距離が短い道は、残念ながら高低差が激しく、馬車だとひどく揺れてしまうので、通常は湖を迂回《うかい》する。

「おい、近道をとおれ」

だが、馬車の揺れなど気にしていられないぐらい、気持ちが急《せ》いていた。

シリルを抱いてしまった。そして、どうしてもシリルのことが知りたくなって、倫敦まで行ったのだ。その結果は驚くべきものだった。

スチュアートの胸に去来したのは、まずはシリルに謝罪すべきだという気持ちだった。そして、今までどおり、いや今まで以上にもちろん待遇を変えるが、とにかくずっとそばにいてもらいたいと頼むつもりだった。

しかし、何故か胸騒ぎがして仕方がない。

無理やり抱いたシリルを放っておいて、スワン城を出てしまった引け目もあり、とにかく一刻も早く元気な顔を見て安心したかった。

急がせたお陰で乗り心地は最低だったが、通常よりも早く城に帰りつく。

使用人はまだ誰も主の帰宅を知らない。だから、儀式めいた出迎えで時間を失うこともなく、スチュアートは自分で大扉を押し開けてグランドホールに入った。

「まあ、侯爵閣下！　お帰りは明日だったのでは」

行き合わせた家政婦長が、驚いた様な顔をする。

「シリルは？」

スチュアートは前置きなしに訊ねた。

「えっ、あ、あの……シリルは……」

普段は冷静沈着な家政婦長が、何故かうろたえた様子を見せる。

スチュアートは不審を覚え、眉をひそめた。

「シリルに何かあったのか？」

「あ、すみません。シリルはその……出ていきました」

「出ていった？　どこへ？」

「シリルはその……辞職して……スワン城を」

「辞職？　どういうことだ？　シリルはどこへ行った？」

スチュアートは矢継ぎ早に問い詰めた。

「申し訳ありません。詳しい事情は執事にお確かめください」

家政婦長はそつなくスカートの裾を摘んで腰を落とす。

スチュアートは信じられない話に、しばし呆然となった。

シリルが出ていった。何故だ？

決まっている。横暴な自分に、とうとう嫌気が差したのだ。

スチュアートは自問自答しながら階下に向かった。

スワン城の地下には厨房や洗濯室、貯蔵庫、他に使用人用の食堂と宿舎などが、所狭しと並んでいる。城の上階を住処《すみか》とする者は、足を踏み入れることが許されていない、いわば使用人たちの聖域だった。

スチュアートもスワン城の主となった際、確認のために来たことがあるだけで、それ以降一度も近づいたことがなかった。

「侯爵、どうして、こんなところに？」

「あ、あのっ、何か御用でしょうか？　執事のバートンさんにおっしゃっていただければ……」

スチュアートの姿を見かけた使用人たちは、驚きと戸惑いが入り混じった顔で、いかにも迷惑そうだ。

「執事はどこにいる?」

「はい、倉庫で銀器を磨いておられます」

「銀器を磨いているだと?」

スチュアートは舌打ちしそうになった。

この大変な時に銀器磨きとは、悠長な……。しかし、銀器の管理は執事の重要な仕事だ。

「あの、侯爵……こちらです」

下僕の案内で、スチュアートは執事がいるという倉庫に入った。

「これは侯爵、今日お戻りとは……お出迎えもせずに、失礼いたしました」

バートンはいきなり地下までやってきたスチュアートに、さらりと嫌味を含んだ挨拶をする。

「シリルが辞めたと聞いた。どういうことだ?」

スチュアートは前置きなしで詰問した。

執事はゆっくりと磨いていた銀器を棚に戻し、お話は上でお伺いしますと言う。

慇懃な態度には苛立ちを覚えたが、ここでは執事の言に逆らえなかった。

バートンに続いて地下の廊下を行くと、途中の壁に紙の箱が取り付けられていた。興味を引かれたのは、その箱の表面に「孤児院の子供たちに愛の手を」と書かれていたからだ。見覚えのある筆跡は、シリルのものだった。

「それはシリルが寄付を募っていた時のものです」

スチュアートが興味を持ったことを知り、執事がさりげなく教える。

「孤児院とは、自分が育ったところか？」

「さようでございます。なんでも経営悪化で、取り潰《つぶ》しが決まりそうだとかで、シリルは心を痛めておりました」

執事の話を聞いて、スチュアートは一瞬むっとなった。

寄付を募っていたなら、何故一番に自分のところへ来なかったのだ？　そんなに信用されていなかったのかと、がっかりもした。

執事は一階のグランドホールに戻ってから、おもむろにシリルの退職の経緯を説明した。

スチュアートは椅子に腰かける気にもならず、詰問する。

「どうして引き留めなかった？」

「侯爵のお帰りをお待ちするようにと説得しましたが、本人の意志が固く、どうにもなりませんでした」

「シリルは何故、こんな急に辞める気になったのだ？　理由を訊いたか？」

スチュアートはそう切り出したが、実のところ答えを聞くのが怖いような気がしていた。

大の男がみっともない話だが、シリルを無理やり抱いてしまったという引け目がある。

もしシリルが自分を嫌って辞めたのだとしたら、どうしようもなかった。

「シリルはこれ以上、侯爵にご迷惑をかけるわけにはいかないと、そう申しておりました」

「迷惑？」

「はい。例の年金のことかと思います。自分には資格がないのに、知らない間に弁護士が勝手に動いたと、大層怒っておりました。それで、受け取りは辞退すると、その手続きを私に頼んでいきました」

「シリルには資格があったのだ。それが明らかになった。年金どころか、あの子は私よりも先代に血筋が近い」

さすがというか、事実を告げても執事は顔色ひとつ変えない。

「とにかく、そういうことだから、即刻シリルを連れ戻す。辞職の理由がもし他にあったとしても、かまわん。なんとしても説得する。シリルはいつ、ここを出た？」

「はい、そろそろ一時間ほどになりましょうか。出入りの荷馬車に乗せてもらって駅に向かいました。汽車の時刻にはまだ余裕がございますので、今すぐ追いかけましたなら、間に合うかと……」

執事は冷静そのものといった感じで、情報を提供する。

「では、すぐに追いかけよう。馬車の用意を」

スチュアートは即座に命じた。

しかし、執事が御者を呼ぼうと離れていった時だ。

いきなり真っ白な毛の固まりがホールに駆け込んでくる。

「ウオンウオン！　ウオン！」

激しく吠えながら、スチュアートに飛びついてきたのはクイーンだった。

城内に入ることは禁じてある。クイーンは犬舎から脱走してきたらしいが、明らかに様子がおかしかった。

スチュアートの外套の裾を咥《くわ》え、盛んに引っ張る。まるでどこかへ連れて行こうとしているような感じだった。

「クイーン、まさか……シリルか？　おまえはシリルのところへ行こうとしているのか？」

「ウオンウオンウオンウオンウオンウオン」

スチュアートの問いに、クイーンはいちだんと激しく吠え立てる。

「シリルはクイーンにきちんと別れの挨拶をしていきましたが……その時はこんなに吠えたりしませんでした」

さすがの執事も、度を失ったように言う。

シリルに何かあったのだ。危険が迫っている。クイーンは明らかにそれを知らせようとしている。

スチュアートは自分自身に激しい怒りを覚えた。

シリルをもっと信用していれば、わざわざ倫敦まで出向く必要はなかった。留守にすることがなければ、シリルが城から出ていくのも阻止できたのだ。

「馬車ではなく馬で行く。クイーン、ついてこい。シリルのところに案内するんだ。いいな？」

スチュアートが命じると、クイーンは真剣な顔つきでウオンと短く吠えた。

†

シリルを乗せた荷馬車は、鉄道の駅のある村をとおり越し、さらに南へと向かっていた。

何度も荷台から飛び降りようとして、そのたびにジムに止められた。

うるさがったジムは、荷台に積んであった縄で、シリルの両手を拘束するという暴挙に出てきた。今は手袋をした手と裸の手を束ねて後ろで縛られている。そのうえジムは用心深く、隣に座り込んでシリルをずっと見張っていた。これでは逃げようにも逃げられなかった。

「ぼくをどこへ連れていく気ですか？」

「この先に借りてる家がある。ひとまずそこへ連れていく」

「御者の人、怪我《けが》してるかもしれないのに、あんな雪の中に置き去りにして……凍死とかしたら、どうするんですか？」

「そんなの知らねぇよ」

めんどくさそうに嘯《うそぶ》いたジムを、シリルはきつく睨みつけた。

スワン城の使用人はいい人ばかりだと思っていたのに、ジムのような人間が交じっていたことが悲しかった。

「スワン城の仕事はどうしたんです？」

「いちいちうるさいやつだな。スワン城の下僕など、あんな貧乏臭い仕事にはもう戻らねぇよ。おまえみたいに、侯爵に気に入られて従者になれれば別だがな」

ジムには真面目に働くという気がないのだろう。

シリルはもう何を言っても無駄だと、口を噤《つぐ》んだ。

悔しいのは、侯爵にプレゼントされた手袋を落としたことだ。大切なものだったのに、拾いにいけなかった。その原因となったジムには怒りしか感じない。

しかし、その怒りのお陰で、恐怖を忘れていられたのは皮肉な結果だった。

荷馬車はほどなく小さな家の前で止まる。古びて屋根が傾きかけた家だ。

「入れ」

短く命じられ、シリルは大人しく家の中へと足を踏み入れた。

空き家なのかと思ったが、室内には最低限必要な家具や道具が揃《そろ》っている。御者を務めた男が灯《あか》りをつけ、暖炉にもさっさと火をつけたので、彼の家なのかもしれない。

シリルは両手を拘束された状態で、奥の部屋の寝台に座らされた。だが扉は開けられたままだったので、男たちの様子を見ていることはできた。

貯蔵庫から取り出したハムの固まりを薄く切って、固そうなパンに挟んでかぶりついている。それとエールが食事らしい。

「おまえも食べるか？」

寝台のそばまで来たジムに、ひと切れ差し出されたが、シリルは首を左右に振った。食欲などまったくない。どうやったらここから逃げられるか、それを考えるだけで精一杯だった。

だがジムは、シリルが断ったことが気に入らなかったらしく、いきなり顎をとらえてくる。無精髭の生えた顔が近づき、無理やり口づけられそうになった。

「いやだ！」

シリルは必死に顔を背けたが、ジムの分厚い唇が口の端に押しつけられてしまう。こんな男に口づけられるなんて、絶対にいやだ！

両手を拘束されていたが、シリルは精一杯暴れて、ジムに頭突きを喰《く》らわせた。

「痛《いて》ぇ！　何しやがるんだ？」

ジムは右目のあたりを押さえ、恐ろしい声を出す。

びくりと怯んでしまいそうだったが、シリルは最後まで逃げずにジムを睨みつけていた。

だが完全に怒ったジムは、どんとシリルの胸を突いて、寝台の上に押し倒す。

「優しくしてやろうと思ったが、あくまで反抗する気なら、いいぜ。おまえを無理やり犯してやるからな」

「！」

シリルは声も出なかった。

ジムは剣呑《けんのん》な目つきで、のしかかってくる。外套の釦を引きちぎられて、恐怖は最高潮に達した。

「おまえ、ほんとに可愛い顔してるな……。これなら、女よりもそそる。実を言うと、女装してた時からおまえには目をつけてたんだ。なあ、侯爵にもやらせたんだろ？　だから、けちけちするなよ」

ジムは勝手なことを言いながら次々に服を剥《は》いでいき、シリルの胸を露出させた。

がさついた手で素肌を撫で回されると、気持ち悪さで背筋がぞっとなった。

「やめ……っ！　いやだ！」

シリルはジムの手から逃れようと、必死に身体をよじった。だが、その動きでかえって肌の露出が多くなり、とうとう乳首も容赦ない力で摘まれてしまう。

「小さくて可愛いな、これ」

摘んだ先端をくりくり弄られて、シリルは泣きそうになった。

「やだ！　やめろっ！」

けれどもシリルが暴れると、ジムはよけい調子に乗って、あちこちに手を滑らせてくる。

ズボンの上からぎゅっと中心を握られて、シリルはひくっと息を詰まらせた。

「どれ、ズボンが邪魔だな。脱げよ」

「や、めて……っ」

無理やりズボンと下着を一緒に引き下ろされて、シリルはとうとう涙を溢れさせた。

侯爵に抱かれた時は少しも気持ち悪いと思わなかった。だけど、他の人間の手で触れられるのは、嫌悪しか感じない。

「おい、さっさと済ませて、俺に回せよ？」

「ああ、わかってる」

パンにかぶりついていた男が、揶揄するように言い、ジムもにやりとしながら答える。

ふたりして自分を犯す気だ。

ごつごつした手で中心をそろりと撫で上げられて、シリルは我慢の限界を超えた。

「いやだ！　触るな！　誰か助けて！　侯爵……い、やあ、あああ――っ」

シリルは悲鳴を上げながら、全身を突っ張らせた。

その時、いきなりバタンと扉が開く。

外の冷たい風がびゅっと吹き抜け、それと同時に、真っ白な固まりが駆け込んできた。そのあと、黒の長い外套を着てトップハットを被った長身の男も入ってくる。

「な、なんだ、おまえは？」

凄んでみせた男は、瞬《また》く間に殴り倒された。

隣室の様子を見たジムが、はっとしたように凍りつく。

「ヴァ、ヴァレンタイン……侯爵……」

ジムの口からあり得ない名前が漏れ、真っ白な大型犬がシリルのそばまで走ってくる。

「クイーン……侯爵……っ」

長身の侯爵はほんの数歩で寝台まで近づき、無言でジムの胸元をつかんで強《したた》かに殴りつけた。シリルに襲いかかっていた男の身体は、あっけなく床に沈む。

すべてが、あっという間だった。

「う……」

「シリル！」

侯爵の手でさっと抱き起こされて、シリルは涙を溢れさせた。

奇跡のように助けに来てもらえたことが、信じられない。でも、自分を抱きしめているのは、確かに侯爵だ。そのそばでクイーンがウワンウワンうるさく鳴き声を立てている。

「あ、ぼく……あ、うぅ……荷馬車で……うぅ」

今までのことを説明しようと思うのに、舌がもつれてまともな言葉にならない。

「何も言わなくていい。もう大丈夫だ。誰もおまえを傷つけたりしない。私が絶対にさせないから」

侯爵はそう言って、さらに強くシリルを抱きしめた。

室内にどかどかと数人の男たちが入ってきたのは、その直後だ。侯爵の陰からちらりと覗くと、スワン城の下僕の中でもひときわ屈強な男たちだった。

「こいつは、このあたりでも札付きの悪《わる》だと言われている男です。ブラウンのやつ、こんな男と仲間になっていたのか」

下僕のひとりが、床で伸びている男を見下ろしながら言う。

「ふたりとも警察に突き出しておけ」

「ブラウンも一緒に、ですか？」

「ああ、スワン城の体面など気にする必要はない。領民に迷惑をかけるような下僕を野放しにはしておけんからな」

侯爵のひと言で、ジムともうひとりの男が、スワン城の下僕たちの手で縛り上げられる。

侯爵は優しい手つきでシリルの拘束を解いて服の乱れを直す。そして、まだ足りないというように、自分の外套を脱いで着せかけた。

外套ごと、またふわりと抱きしめられて、シリルはようやく落ち着きを取り戻した。

「風邪をひいてしまわれます。ぼくなら大丈夫ですから」

「駄目だ、シリル。おまえを放しはしない。倒れた御者のそばに、おまえの手袋が落ちていた。見つけた時は肝が冷えた」

侯爵はそう言って、外套のポケットから、シリルがなくした手袋を取り出す。

「あっ、これ、ぼくの手袋」

受け取ったシリルは、我知らず手袋に頬ずりした。

侯爵がプレゼントしてくれた大切な宝物だ。こうして無事に取り戻すことができて、どれほど嬉しいか……。

「それは、私が贈ったものだな？」

「……はい……」

シリルは耳まで赤くしながら頷いた。

侯爵はシリルの蜂蜜色の髪を撫で、愛しげに目を細めて見つめてくる。

「シリル、おまえに話がある。頼むから城に戻ってくれ。これ以上、おまえのことを心配させられたら、私の寿命は確実に縮む」

珍しく冗談めかして言う侯爵に、シリルはやわらかな笑みを向けた。

侯爵は自分を助けにきてくれた。これ以上嬉しいことはない。

そして侯爵は心から自分を心配してくれているようだ。だからこそ、一度はなくした希望が、胸に広がるようだった。

†

スワン城に戻ったシリルは、侯爵の部屋に連れ込まれた。

何人ものメイドが総掛かりで風呂の用意をし、シリルは有無を言わさず温められる。

キティやエバだけではなく、侯爵までシリルの入浴を見張っていたので、恥ずかしさはひとしおだった。

「お湯加減はいかがですか、シリル様？」

赤毛のキティに「様」づけで訊ねられ、シリルは戸惑いを覚えた。

「シリル様、もう少しお湯を足しましょうか？」

「エバまで、どうして……？」

「その疑問には私が答えよう」

口を出してきたのは、腕組みをしながらシリルを眺めていた侯爵だった。

「どういうことですか？」

「シリル、おまえはもうスワン城の使用人ではない。今からは、私の身内だ」

思いがけないことを言われ、シリルは首を傾げた。

侯爵はメイドたちに目を向け、短く命じる。

「おまえたちはもう下がっていい。あとは私がやる。ご苦労だった」

侯爵のひと声で、メイドたちが静かに部屋を出ていく。

ふたりきりになって、シリルはふいに羞恥が込み上げてきた。自分ひとりが裸でいるのだ。なのに侯爵は、服が濡れるのもかまわず、シリルを湯船からすくい上げる。

「ああっ、待ってください。濡れてしまうのに」

「かまわん」

侯爵はシリルを湯船のそばに立たせ、頭からふわりと、ふかふかした大判のタオルで包み込んだ。そしてまたシリルを抱き上げ、寝室へと運ぶ。

危ないところを助けてもらい、こうしてまた迷惑をかけていることが心苦しかった。それでも侯爵はすごく優しくて、いけないとわかっていても甘えたくなってしまう。

広い寝室は、暖炉の火で春のように暖められていた。

バスタオルで包んだシリルを寝台に下ろすと、侯爵はおもむろに口を開く。

「シリル、おまえを信じていなかった私を許してくれ。おまえが不当な年金を欲しがっていることが、ずっと引っかかっていた。おまえが見かけどおり、純真無垢な人間であると、わかっていたはずなのに、私はそれを認めようとしなかったのだ。あの年金は確かにおまえのものだ」

「ぼくは年金なんて、いりません」

シリルは、これだけは言っておかなくてはと口を挟んだ。

だが、寝台の端に腰かけた侯爵は、ゆるく首を振る。

「いいや、おまえには受け取る権利がある。さっき、おまえを身内だと言ったことをまず説明しよう。シリル、おまえは先代侯爵の叔父に当たるアルバート・ヴァレンタインの孫だとわかったのだ」

聞かされた言葉がにわかには信じられず、シリルは呆然となった。

「……ぼくが、孫？　それじゃ……ぼくの祖父に当たる人が見つかったのですか？」

ぼんやりしたまま訊ねると、侯爵はゆっくり首を振る。

「残念ながらアルバート・ヴァレンタインは故人だ」

「そうですか……」

天涯孤独だったシリルは、自分にも身寄りがいたのかと少し期待したが、すでに故人では仕方がない。

侯爵は気落ちしたシリルを宥めるように、頬に触れてきた。

「聞きなさい、シリル。おまえがヴァレンタイン家所縁の者であるとわかったのだ。もはや年金がどうのという問題ではない。おまえの後見は、現当主である私が務める。ぜひ、そうさせてくれ」

「……………」

シリルは戸惑いを覚えるばかりで、じっと侯爵を見つめた。

侯爵が後見人を務めるとは、どういう意味だろう。

侯爵は反応を示さなかったシリルに、苛立たしげに眉根を寄せた。

「シリル、私はおまえを手放したくない。おまえをそばに置いておきたいのだ。頼むから、うんと言ってくれ」

たたみかけるように言われ、シリルは眼差《まなざ》しを揺らした。

侯爵はきっと義務だと思い、親切に言ってくれるのだろう。でも、自分は邪《よこしま》な想いを抱《いだ》いている。だから、こんな気持ちのまま、侯爵のそばにいていいのか、わからなかった。

シリルの視線は、寝台の横の写真立てに向いた。

アネットという美しい女性の存在を思うと、胸が絞られたように痛くなる。

「シリル、どこを見ている？」

「いえ、なんでもありません」

シリルは慌てて視線を戻したが、侯爵の目は誤魔化《ごまか》せなかった。

「おまえが迷っているのは、もしかして、アネットのことを気にしているからか？　誰に何を聞かされた？　アネットは隣家に住んでいた幼なじみというだけだ。私には兄弟がいなかったから、姉のように慕っていたというだけだ」

「でも……」

シリルは唇を噛みしめた。

姉のように慕っていたからこそ、侯爵は今でも心の恋人として忘れられないのではないだろうか。

本当は自分だって、侯爵のそばにいたい。もし迷惑をかけるだけの存在ではなく、少しは侯爵と関係があるのなら、ずっとそばに置いてもらいたかった。

それでも返事を迷ってしまうのは、自分がもっと欲深くなっているせいだ。

「シリル、こちらを見ろ」

侯爵の手で頰を挟まれて、シリルは無理やり前を向かされた。青い澄んだ双眸《そうぼう》が、真っ直《ます》ぐに自分を見つめている。

「おまえは私のことが嫌いか?」

掠れた声で訊ねられ、シリルは息をのんだ。

「嫌われているとしても、仕方がないが……」

嘆息する侯爵に、シリルは我慢できずに涙を滲ませた。

「嫌いだなんて……っ、ぼ、ぼくは……っ」

大好きだからこそ、こんなに苦しいのに……。大好きだからこそ、そばにいるのがつらくなることがあるのに……。

「私を嫌いでないなら、そばにいてくれ。そして、いつか私のことを好きになってくれ」

深く染み入る声に、シリルは胸を震わせた。

「どうしてそんなことを?」

無意識に問うと、侯爵は再び自嘲《じちょう》気味なため息をつく。

「おまえのことを愛しているからに決まっているだろう」

「え……？」

シリルは信じられない言葉を聞いて、呆然となった。

「おまえを無理やり抱いてしまった。だから、おまえが私を嫌うのは仕方ないと思っている。私はおまえの純真さを疑って、強欲だと決めつけた愚か者だ。それでも、おまえが許してくれるなら……いや、おまえに許してもらえるよう努力する。だからシリル、ずっとそばにいて、いつかおまえも私を好きになってくれ」

「……好きでいても……いいんですか？　侯爵を好きになるなんて、いけないことじゃないんですか？」

我知らず問い返すと、侯爵は不思議そうに首を傾げる。

けれども、青い瞳には徐々に喜びが広がっていった。

「シリル、それはもう私を好きでいてくれる、ということか？」

確認するように問われ、シリルは頬を染めながら頷いた。

ここまで来たら、もう自分の気持ちを隠したりできない。

「シリル、おまえを愛している」

侯爵は感極まったように、きつく抱きしめてくる。そしてシリルも自然と侯爵に縋りついていた。

こうして抱かれていることが、まだ信じられない。

しばらくして、ほんの少し腕の力がゆるみ、今度はしっとりと唇を塞がれた。

「んっ」

甘い喘ぎを漏らすと、するりと舌が滑り込んでくる。

ねっとりと絡まされ、シリルはすぐ甘い口づけに夢中にさせられた。

舌先で口中をくまなく探られると、身体までびくんと震えて怖くなるが、それもすぐに甘い疼きへと変わっていく。

「んぅ、……ん、ふっ……うぅ」

口づけひとつで、どうしてこうも身体中が熱くなるのか、不思議だった。

けれども甘く舌を絡ませ合っていると、天にも昇るような心地よさを感じる。根元から舌をそっと吸い上げられると、甘い痺れが身体中に広がった。

「シリル、おまえを愛している」

口づけをほどいた侯爵が、掠れたような声で囁く。

「はい……ぼくも、愛してます」

シリルは恥ずかしさを堪え、真摯《しんし》に訴えた。すると侯爵は熱っぽく見つめてくる。

「シリル、おまえをまた抱いてもいいか？」

耳に吹き込まれた言葉に、シリルはいっそう赤くなった。

恥ずかしいけれど、自分も同じ気持ちだ。侯爵に抱かれるなら、何も怖くないし、もっともっと近づきたいと思う。

「……はい……」

頬を染め、あえかに答えると、侯爵は我慢できなくなったように、自らの着衣を乱し、寝台に乗り上げてきた。

シリルはそっと寝台に押し倒される。

お湯から上がったばかりで、バスタオルにくるまれているだけだった。だから、それを取り除かれると、白い肌がすべてさらされてしまう。

「やっ……」

「おまえのすべてを愛したい」

恥ずかしい台詞にいっそう赤くなる。

そして侯爵は、自らの言葉を証明するかのように、露出した肌に、手と舌を這わせてきた。

身体中あらゆる場所に口づけられる。

頬から耳の下の窪み、それから喉元……侯爵の舌はさらに滑って、高鳴っている心臓のあたりもねっとりと舐められる。

舌先は胸の先端にもかかった。小さな突起を口に含まれると、身体中がびくびくと震えてしまう。ちゅくりと吸い上げられると、熱い疼きが湧き起こった。

「ああっ、……あ、やぁ……っ」

必死に首を振ると、侯爵はいったん口を離し、極上の微笑みを見せる。

「おまえは何もかも可愛らしい。こんなに小さいのに、ほんの少し触っただけで、すごく感じるようだな」

侯爵は恥ずかしいことを言いながら、きゅっと硬くなった先端を摘み上げた。

「ああっ」

ひときわ鋭い刺激が走り、シリルは思わず腰を突き上げた。

すると侯爵はくすりと笑い、下肢にも手を伸ばしてくる。

「胸をもっと可愛がってからと思ったが、こっちも待ちきれないようだな」

生まれたままの姿をさらしていては、どこにも逃げようがなかった。

キスと胸への愛撫だけで張りつめてしまったものを、大きな手で包み込まれる。

「ああっ、あ、ふっ……くぅ」

侯爵の手淫に翻弄され、シリルは淫らな声を上げ続けた。

なのに侯爵は、胸への愛撫も再開する。

「シリルは本当に感じやすい」

淫らに勃《た》ち上がった粒を、きゅっと揉み込まれ、それから侯爵は鳩尾《みぞおち》も舌で舐めていく。

「んんっ、く……あぁっ」

熱い舌の軌跡はさらに下降し、臍《へそ》の窪みも舐められた。

張りつめたものを大きな手であやされているだけでも、達してしまいそうなのに、あと少しで侯爵の舌がそこに届いてしまう。

「や、ああっ」

そしてシリルが心配したとおり、熱く張りつめたものが侯爵の口で咥えられた。

ひときわ強い快感に支配され、シリルは無意識に腰を突き上げた。

侯爵は幹に舌を這わせ、蜜が滲んだ先端も舐め上げてくる。

「やっ、……うぅ……ふ、くっ」

どんなに堪えようと思っても、甘い喘ぎが止められない。

熱い痺れが身体中に広がった。頭の芯《しん》まで痺れ、どうにかなってしまいそうなほど気持ちがいい。

「や、っ……も、もう……我慢でき、ない……っ……は、放して……っ」

「シリル、我慢しないで達けばいい」

侯爵は愛撫の合間にそう言ったが、シリルは必死に首を振った。

「いやっ、ぼ、ぼくだけは……いやだ、こ、侯爵とい、一緒が、いい……から……っ」

荒い息をついて訴えると、侯爵は呻《うめ》くような声を出した。

「シリル、そんなふうに私を煽《あお》ると、どうなるかわからんぞ？」

「ぼ、ぼくは……どうなっても……いい……っ、でも、一緒がいい」

シリルは切れ切れに訴えた。

「わかった。それなら準備をしよう」

侯爵は熱っぽく言って、いったんシリルから身体を退《ひ》く。そして素早くシャツと下着を取り去って、逞しい全裸をさらした。

「あ……」

シリルは息をのんで、滑らかな筋肉に覆われた見事なまでの裸体を見つめた。

自分とは違って、侯爵はどこまでも男らしい美しさに満ちている。

けれど、見惚《みと》れていたシリルは、腰骨をするりと撫でられて、再び息をのんだ。

「さあ、うつ伏せになって」

「あ……」

侯爵の手で腰をつかまれ、うつ伏せの格好にさせられる。

双丘を撫でられると、一気に羞恥が湧いた。腰を高く差し出せば、秘めた場所まで侯爵の視線にさらすことになる。

「シリル、おまえはどこも可愛らしい」

侯爵はそんなことを呟きながら、口を近づけてきた。

「やっ、駄目……っ、きたない……っ、ああっ」

首を左右に振っても侯爵の動きは止まらない。

狭い場所を指で左右に開かれ、窄まりに熱い舌を這わされた。

「あ……っ」

侯爵に舐められていると思っただけで、かっと羞恥が湧き起こる。

初めてではなかった。繋がるための準備だとわかっている。それでもそんな場所を舐められるのは恥ずかしくてたまらなかった。

「やっ、ああっ、……あふ、っ」

侯爵の舌はとうとう中にまで潜り込んできた。

恥ずかしいのに、シリルの内壁は嬉しげに舌の侵入を許している。それどころか、熱い舌がうごめくたびに徐々に強《こわ》ばりを解いていく。

「やっ、……あぁ……あ……っ」

唾液で潤いを与えながら、たっぷり内壁を舐めほぐされた。

張りつめたままの中心が、さらに蜜を溢れさせる。

充分に濡らされたあと、指も挿しこまれた。

「ああ……っ！」

いきなり敏感な場所をくいっと抉られ、シリルはひときわ高い声を放った。

背中が大きく反り返り、一気に欲望を噴き上げてしまいそうになる。

侯爵はシリルの反応を知って、指での愛撫を加減する。そうして、徐々にシリルを追い込んでいった。

「もう……駄目……いや、だ……苦し……っ」

シリルが必死に訴えると、ようやく指が引き抜かれる。

「シリル……いいか？」

耳元で掠れた声がして、シリルはびくっと震えた。

「んっ」

甘い吐息を吐くように頷くと、腰を抱え直されて、蕩かされた窄まりに熱く滾ったものが擦りつけられた。

「シリル、おまえは私だけのものだ」

熱い囁きとともに、侯爵の逞しいものが狭い場所にねじ込まれる。

「あ、……んっ」

シリルは喉を仰け反らせながら、最後まで侯爵を受け入れた。

中に収まった侯爵は、すべてを喰らい尽くすかのように獰猛《どうもう》に息づいている。

「シリル……」

それでもシリルの名前を呼ぶ声は、限りなく優しい。

奥までみっしりと犯されて、苦しくてたまらなかった。それでも侯爵とひとつになれたのが嬉しかった。

圧倒的な存在に慣れてくると、最奥からじわりと快感が生まれる。

「……あ、愛してます……ぼくは、侯爵、だけ……」

「シリル、おまえを愛している」

侯爵は熱く囁き、シリルの腰をつかんだ。

そして深く繋がったままで、いきなり体勢を変えてくる。

「あぁっ！」

侯爵の上に座り込むような格好にさせられて、さらに深々と最奥まで貫かれた。

両手でしっかりと抱かれ、シリルは逞しい胸に身体を預ける。

「ずっとおまえを放さないからな」

甘く囁かれ、胸が震える。

そして身も心もひとつに結ばれた喜びで、身体中が熱く痺れていくようだった。

侯爵がゆっくりと動き出す。

下からぐいっと何度も突き上げられて、そのたびに新たな愉悦が生まれた。

「あぁっ、あっ、く、ふ……あっ！」

激しく動かれるたびに敏感な場所が擦れる。

太い先端で最奥を搔き回されると、目の眩《くら》むような愉悦を感じた。

「シリル、気持ちいいか?」

「やっ、あっ、ああっ……あ、くうぅ……く、ふっ」

侯爵はそれでも足りないとばかりにシリルの腰をつかみ、ぎりぎりまで楔《くさび》を引き抜く。そして次にはまた深々と灼熱の杭《くい》を打ちこむ。

「ああっ、あっ」

激しい動きに翻弄されて、腰がよじれる。その最中に張りつめたものや胸にまで侯爵の手が伸びて、シリルはがくがく首を振るだけになった。

もうこれ以上は我慢できない。おかしくなってしまう。

それを訴えようと侯爵の腕に指を食いこませた時、いちだんと侯爵の動きが激しくなった。

「シリル、一緒に達くぞ」

「んっ、ああっ……ぁ……っ」

ひときわ奥を突かれた瞬間、シリルは掠れた悲鳴を上げながら欲望を吐き出した。

「くっ」

最奥に侯爵の欲望も浴びせられた。

熱いものが奥を満たす感覚で、またさらに深い悦《よろこ》びを感じる。

「んぅ……、っ」

シリルは甘い息を吐きながら、愛する人にしがみついた。

侯爵はシリルのすべてを包み込むように、抱きしめてくる。

「愛している。おまえだけだ」

「……嬉しい……」

身も心も結ばれて、シリルは心からの微笑みを愛する侯爵に向けた。

†

数日後——。

シリルは侯爵とともに、湖までの散歩に出かけた。

シリルが拉致されそうになった事件でお手柄だったクイーンがお供で、肩を並べて歩くふたりのまわりを誇らしげに飛び跳ねている。

事件の翌日、ドイル弁護士がスワン城にやって来た。そして、年金の書類に誤りがあったのは、カーティス弁護士の父親が記載ミスを犯したことが原因だったと知らされた。

スワン城に届けられたのは、サイラス・フレッチャーという、シリルとは別人の名前だったのだ。カーティスの事務所には他にも杜撰《ずさん》なところが色々あって、今後も細かなことを追及していくという話だった。

いずれにしても、遠い先祖ではなく顔も名前も知らなかった祖父が、ヴァレンタイン家の人間だったことで、シリルの身分は、使用人ではなく侯爵の身内に変わった。

執事や、家政婦長、キティやエバ、その他の使用人たちは、皆、自分のことのようにシリルの幸運を喜んでくれた。

シリル自身は、「シリル様」と呼ばれることにまだ戸惑いが大きかったが、それも徐々に慣れていくのだろう。

心配だった孤児院には、侯爵が手を差し伸べてくれることになった。高額の寄付を感謝する院長からの手紙が届いたところだ。

「シリル、おまえにはゆくゆく大学に行ってもらいたい。何かやりたいことがあるなら、応援するが、よければ領地経営について学んでくれ」

「ぼくにできるでしょうか？」

シリルは蜂蜜色の頭を傾げながら、長身の侯爵を見上げた。

「おまえならきっとできる。今までスワン城のことはトーマスに任せていたが、それでは手が足りなくなりそうだ。おまえが家令になってくれれば助かる」

「ぼくが家令に、ですか？」

あまりにも途方もない話だ。

けれどもシリルが不安な顔を見せると、侯爵はすぐに宥めるように抱きしめてくる。

「おまえが手伝ってくれれば、スワン城を健全な形で後生に残していける。私は生涯独身をとおす。まだ先の話だが、跡継ぎはまた一族から探せばいい。だからシリル、ずっと私のそばで支えてくれ」

真摯な言葉に、シリルはじわりと涙を滲ませた。

これほど嬉しい言葉は他にない。生涯そばにいて、侯爵を少しでも助けることができるなら、どんなに大変でもやり遂げたかった。

「侯爵……ぼく、頑張ります」

シリルが真剣に答えると、侯爵はふわりと微笑む。

「シリル、私の名前はスチュアートだ。これからはそう呼びなさい。おまえはもう使用人ではないのだから」

「はい……」

シリルはそう答えたが、内心では難しいなと思っていた。

これからどんな日が巡ってくるのか、まだわからない。

それでも侯爵を愛する気持ちだけは、絶対に変わらないはずだ。

湖から後方に目を転じると、真っ青な空を背景に陽射しを受けたスワン城が煌《きら》めいていた。

――END――

倫敦《ロンドン》のシンデレラ

西の森を埋め尽くす純白の花スノーホワイトは、春の訪れを告げるという。雪が解け始めたかと思うと、今度は森中がいっせいに真っ白な花で覆われたのだ。神秘的な光景は本当に感動的だった。

もう少しして本格的に暖かくなると、次には東の森で「妖精の花」と呼ばれるブルーベルが咲くらしいので、シリルはとても楽しみにしていた。

スワン城の庭園の一角ではマグノリアが満開になっており、湖岸でも水仙が可愛《かわい》い黄色の花を咲かせ始めている。そしてシリルは、広大な庭園の片隅で、やわらかな陽射《ひざ》しを浴びながら、せっせと土を掘り起こしているところだった。

今はまだ種を蒔《ま》くには早いけれど、ここに色々なハーブを植えたいと思っている。実際にスワン城で使うハーブ類はちゃんとした菜園で育てられているので、きれいな花を咲かせるハーブを選ぶつもりだ。

最近になってシリルが土いじりを始めたのは、時間を持て余していたからだ。

ヴァレンタイン家の血筋に繋《つな》がる者だと認められ、シリルの立場は大きく変わった。ただの使用人から、ある日突然主人側の人間になってしまったのだ。その変化に伴い、シリルは失職したも同然の状態だった。本当は、侯爵の従者を続けたかったのに、認めてもらえなかったのだ。

秋には学校へいくことになっているので、今は入学に備えて様々な勉強をしている最中だ。

しかし、それだけではなんだか物足りなくて、シリルは侯爵と庭師に相談し、この一角を自由にする権利を得た。

孤児院にいた頃から菜園での仕事が大好きだったので、ここで土をいじっていることが、勉強の合間のいい息抜きになっている。

「さてと、今日はこのぐらいにしておこうかな。侯爵がそろそろ戻ってこられる頃だろうから……。でも一日お会いできなかっただけで、寂しいよね？　おまえもそうだろ？」

シリルは、そばで大人しく座り込んでいたクイーンに声をかけ、ゆっくりと立ち上がった。

純白の大型犬は、ふさふさの尻尾《しっぽ》を大きく揺らしながら、ウオンと嬉《うれ》しげな声を上げる。

「それじゃ、夕方、侯爵と一緒に散歩にいくまで、犬舎に戻ってるんだよ。いいね？」

「ウオン」

大きな身体《からだ》に似合わず甘えん坊のクイーンは、ちょっと悲しげな声を出す。

でも、了解した印に、ふさふさの尻尾をパタパタと激しく振っていた。

シリルは侯爵の愛犬ににっこりした笑みを向け、城の中へと戻った。

ツイードの上下に革のブーツという格好だが、土いじりで汚れてしまった。三日ほど倫敦《ロンドン》に出かけていた侯爵がそろそろ帰宅する時刻だ。それまでに着替えておく必要があるし、蜂《はち》蜜色《みついろ》の頭髪も、風でくしゃくしゃになっている。

身支度を整えるため、西翼の自室へ向かうと、途中で黒のドレスに白のエプロンをつけたメイドと擦《す》れ違う。赤毛のキティとブルネットのエバだ。

「シリル様、午後のお茶はどちらで召し上がりますか？」

「すぐに用意してまいりますが……って、くっ……くく」

言いかけたエバが、たまらなくなったように顔をしかめている。キティも口に手を当てて、必死に笑いを堪《こら》えている様子だった。

「もう、そんなに笑わないでよ、ふたりとも。それに、ぼくのことは普通にシリルと呼んでほしいんだけど」

シリルは以前の使用人仲間に、困った顔を見せた。

ふたりはとても気のいいメイドで、シリルとしては、いつまでも友だちのつもりでいる。

「だって、シリル……様のお顔に」

そう言いかけたキティは、次の瞬《ひ》間、はっとしたように口を噤《つぐ》む。

エバも慌てて廊下の端に身を退く。

振り返ると、長身の侯爵がこちらへと、歩を進めてくるところだった。

「侯爵！　早めにお戻りだったのですね」

シリルは歓声を上げながら、侯爵に駆け寄った。

「ああ、用事が早く片付いたので、予定より一本前の汽車に乗った」

侯爵はシリルをふわりと抱きしめて言う。

温かな腕に抱かれるのは嬉しかったけれど、まだメイドたちがそばにいるのに親密さを示すのは恥ずかしい。

「お帰りなさい、侯爵」

シリルはそう言いながら、さりげなく侯爵の腕から逃れた。

すると侯爵は、シリルの顔を見つめ、くすりと忍び笑いを漏らす。

「シリル、その顔……」

「え？」

「庭で土いじりをしてたのか……ほっぺたに泥がついてるぞ？　ほら」

頬《ほお》をするりと撫《な》でられて、シリルは真っ赤になった。

侯爵の長い指にはこってりと泥が付着している。メイドたちが噴き出しそうになっていたのは、これが原因だったのだ。

「ご、ごめんなさい。ぼく……まだ着替えてなくて……」

恥ずかしさで蚊の鳴くような声を出すと、侯爵が上着のポケットから絹のハンカチを取り出す。そっと泥を拭《ぬぐ》われて、シリルはさらに頬を染めた。

「着替えはあとでもいいだろう。先に書斎へ行こう。おまえに頼みたいことがあるのだ」

「はい」

シリルは赤くなったままで、侯爵に肩を抱かれて長い廊下を歩くことになった。

書斎は侯爵が長い時間を過ごす聖地のような場所だ。高い天井までびっしり書籍が収められた書棚があって、大きなマホガニーのデスクも据えられている。

書斎でふたりきりになると、侯爵はすぐにシリルに口づけてきた。するりと熱い舌が口中に滑り込んで、存分に貪《むさぼ》られる。

「んぅ……んっ」

甘いキスに陶然となり、シリルは思わず侯爵に縋《すが》りついた。

ところが侯爵は、そこで唐突に唇を離してしまう。

「これ以上キスしていると、寝台へ直行するはめになる」

恥ずかしい台詞《せりふ》に、シリルは再び頬を染めた。

侯爵は、長椅子に座るように言い、自分も隣に腰を下ろす。

「シリル、悪いが、今度倫敦に同行してくれないだろうか？」

「倫敦へご一緒に？　もちろん、侯爵がそうおっしゃるなら」

シリルがそう言うと、侯爵はわざとらしく顔をしかめる。

「シリル、ふたりきりの時に、侯爵と呼ぶのはやめなさい。私の名前はスチュアート」

「は、い……スチュアート……」

素直に名前を呼ぶと、侯爵は満足げに微笑《ほほえ》む。

「実は、倫敦でふたつばかり断り切れない誘いを受けた。公爵家の晩餐会と、コート伯爵家の舞踏会だ」

「コート伯爵家って、あの……？」

「そうだ。あのうるさい伯爵未亡人のところだ。長男が爵位を継いでいる」

「でも、ぼくが伯爵家にお邪魔するのは、まずいのではないですか？」

シリルが訊《たず》ねると、侯爵は眉根《まゆね》を寄せて頷《うなず》いた。

「レディ・コートからは、ぜひシリル嬢も一緒にと言われている。あの婆《ばあ》さん、おまえがいい加減私に愛想を尽かして、スワン城から出ていったかもしれない……そんな期待でもしているのだろう」

「そんな……ぼくが侯爵に愛想を尽かすなんて、あり得ないのに」

「それは嬉しい言葉だが、とにかく最初にあんな芝居をしたお蔭《かげ》で、ちょっと窮地に立っている。だから、シリル、もう一度私を助けてくれないか？」

「それって、また婚約者の振りをするということですか？」

シリルが当惑気味に訊ねると、侯爵は申し訳なさそうに嘆息する。

「もし、いやなら断ってくれていい。他に何か手を考える。そうだな……医者の見たてで、私には子共を作る能力がないことがわかったとか、そんな噂《うわさ》でも流すか」

「侯爵！　そんなの、いけません」

シリルは即座に抗議した。侯爵がそんなふうに噂されるなんて、とんでもないことだ。

「悪い。おまえを脅すつもりはなかったのだ。だがシリル、本当にいやならいいんだぞ？　さっきのは冗談にしても、トーマスあたりに相談してみるから」

自嘲《じちょう》気味に言う侯爵を、シリルは青灰色の目で真剣に見つめた。

「ぼくにやらせてください。ぼく、侯爵のお役に立てるなら、なんでもします。させてください」

「感謝する、シリル。ありがとう。だが……侯爵ではなくて、スチュアートだ。いいな？」

「はい、……スチュアート」

シリルが素直に答えると、侯爵は極上の笑みを浮かべる。

そっと肩を抱き寄せられて、シリルはまた頬を染めた。

†

ヴァレンタイン家の倫敦のタウンハウスは、バッキンガム宮殿にほど近い、多くの貴族の館が建ち並ぶ地域にあった。スワン城に比べれば規模が格段に小さくなるものの、煌《きら》びやかさにおいてはこちらが上だろう。

英国の貴族は冬から夏にかけての社交シーズンを、倫敦で過ごすのが通例だった。そのため領地にある城館とは別に、倫敦にも邸宅が必要となる。ヴァレンタイン家の邸宅は豪壮なものだが、倫敦の屋敷に何家族か合同で住んでいる貴族も多いという話だ。

そして侯爵とともに倫敦入りしたシリルは、タウンハウスの中に用意された部屋で、舞踏会用のドレスの試着を行っているところだった。

タウンハウスにも大勢の使用人が常駐しているが、シリルに付き添っているのは、事情をよく知るスワン城の家政婦長と、キティ、エバの三人だ。侯爵には執事のバートンがついており、他にも何人か手慣れた使用人がスワン城から一緒についてきていた。

「本当によくお似合いですね。初々《ういうい》しくて、とてもいい感じ……」

薄いピンクのドレスを着たシリルを、頭から爪先《つまさき》まで注意深く眺めた女性が、何度も満足そうに頷く。

アン・エバンズという名の女性は、倫敦でも有名なドレスメーカーのデザイナーだった。年齢は四十歳ほどで、執事の古い知り合いだという。彼女が作ったドレスは、倫敦の社交界でも大評判で、店には使用人たちの長い列ができているという話だ。

普通なら何カ月も待たされるところなのに、こうして自ら何着もドレスを持ってきてくれたのは、執事の力によるところが大きい。以前、スワン城で着ていたドレスも、すべてアンのデザインだという話だった。

「本当に、私のデザインをこれほどきれいに着こなしてくれるレディは、他にいないわ」

アンはシリルが男であることを承知だが、腕を組んでため息をつく。

シリルが試着しているドレスは、スカートの前部分が平らで、腰の後ろのみをふんわりと膨らませ、長い引き裾《すそ》になっている独特のデザインだ。上半身はすっきりとしているが、ドレスの後ろには大胆に、大きなリボンがあしらわれ、それがシリルの可愛らしさを引き立てていた。

「本当に素敵ですよ、シリル様」

「うっとりしてしまう」

キティやエバにも口を揃《そろ》えて褒められたが、男のシリルとしては複雑な心境だった。

でも、これはあくまで侯爵のためだ。だからどんなに恥ずかしくても、やり遂げなければならない。

そうして、他にもあれやこれやと試着をくり返した頃に、長身の侯爵が姿を見せた。

「試着は終わったのか？　入ってもいいか？」

侯爵は礼儀正しくそう訊ねてから、シリルの下へとやってくる。

「侯爵閣下、シリル様には、お持ちしたドレスがどれもよくお似合いになるので、迷っているところです」

デザイナーのアンがにこやかに説明する。

「迷っている？」

「はい。バートンさんに頼まれたので、ついはりきってしまい、十着以上お持ちしたのです。

なので、どちらを着ていただくのがいいか」

「それなら全部買おう」

侯爵はあっさりと言う。

「それは、ありがとうございます。シリル様にドレスを着ていただければ、私も光栄です」

アンはにこやかに答えたが、シリルは焦り気味に口を挟んだ。

「あの、こちらに滞在するのは、三日ほどですよね？　十着は多すぎるのでは？　それに前のドレスも持ってきてますし」

このところ侯爵は、スワン城や領地での経費節減に努めている。そんななかで贅沢はゆるされないことだ。しかし肝心の侯爵はシリルを手で制し、再びアンに向き直る。

「いや、かまわん。それと、ドレスだけではなく、宝石類も見立ててくれるよう頼んでおいたはずだが」

「はい。お持ちしております」

「あなたのセンスのよさは、うちの執事の折り紙付きだ。その宝石類も全部貰《もら》っておこう」

「ありがとうございます」

侯爵とアンの間で、どんどん話が進んでしまい、結局シリルはそれ以上反対することができなかったのだ。

†

ドレスを買った次の日に、シリルは侯爵とともに、格式の高い公爵家の晩餐会に出席した。

それはなんとかこなして、さらにその翌日、いよいよコート伯爵家の舞踏会に臨む。

着ているのは、大きなリボンつきの薄いピンクのドレスだ。胸元を飾っているのは、ドレスと同じ薄いピンクのダイヤをあしらった豪華な首飾り。小さな耳と蜂蜜色の髪にも、同じダイヤを使った飾りをつけている。

侯爵は黒の礼装で、長い裾を翻して颯爽《さっそう》と歩く姿は、ため息が出そうなほど素敵だった。

シリルはそんな侯爵に腕を取られて、舞踏会が行われる会場へと進んだ。

一番に挨拶《あいさつ》にきたのは、伯爵未亡人だ。

「ようこそ、侯爵。そして、……ええと、お連れのお嬢さんも……。ごめんあそばせ。年のせいか、お名前を覚えていられなくて」

紺色のドレスを着た伯爵未亡人は、わざとらしく持っていた扇を口に当てる。

本当に忘れているわけではなく、故意にシリルを無視しようというのだろう。

「レディ・コート。それでは改めて紹介します。私の婚約者シリル・フレミングです」

侯爵は伯爵未亡人の嫌味をさらりと躱《かわ》す。

そしてシリルを優美に舞踏室へと同伴した。

この屋敷は四つの家が共同で使っているものだということで、会場もさほど広くはなく、着飾った人々は庭にも溢《あふ》れていた。

侯爵は爵位を継ぐ前から、多方面で注目を浴びる存在だったらしく、行く先々で声をかけられる。そして人々は男性女性を問わず、例外なく侯爵の清楚《せいそ》な婚約者を褒め称《たた》えた。

「美しく清楚な方ですな。羨《うらや》ましいことで」

「長く社交界から離れておられたのに、いつの間にこんな素晴らしいご令嬢と……」

「まあ、うちの娘をぜひ、ご紹介したいと思ってましたのに、残念ですわ。でも、本当におきれいな方……悪く思わず、これからも仲よくしてくださいましね」

「お召しになっていらっしゃるのは、もしかしてアンのドレスですの？　夢見るように素敵ですね」

「ありがとうございます。どうぞ、よろしくお願いします」

シリルは紹介されるたびに、控えめに挨拶する。

会場には、真紅のドレスを着たサラの姿もあって、シリルはじろりと睨《にら》まれてしまったが、その視線からも侯爵がさりげなく庇《かば》ってくれた。

「さて、ひととおり挨拶も終わった。これで義務を果たしたから、あとは好きにさせてもらおう。どうだ、息抜きにワルツでも踊るか？」

「……は、い……」

侯爵に促され、シリルは頬を染めて頷いた。

ワルツを踊るのは本当に久しぶりで自信がなかったけれど、侯爵に手を取られ、腰を引き寄せられると、魔法のように身体が動く。

格調高い音楽に乗って、侯爵とシリルは優美なワルツを披露した。人々は仲むつまじく踊るふたりに、好意的な視線を送っている。

「あの、失礼ですが、このあと一曲踊っていただけませんか？」

ワルツが終わり、踊りの輪から抜けると、ひとりの青年が遠慮がちに声をかけてきた。

シリルはびくりとなり、思わず侯爵の後ろへと身を退いた。すると侯爵は、大丈夫だよというように、肩を抱き寄せてくる。

「申し訳ないが、今宵《こよい》の彼女の手帳は、すでに埋まっているので」

さりげない断り文句に、青年は残念そうに去っていく。

シリルはほっと胸を撫で下ろした。いくら侯爵がそばにいてくれても、慣れない場所で見知らぬ人たちを相手にするのは緊張する。それにドレス姿でいるのも落ち着かず、華やかに振る舞うことはできなかった。

「シリル、疲れたか？」

「いいえ、大丈夫です」

侯爵の気遣いに、シリルは首を振った。

だが侯爵は、シリルを会場から外へと連れ出してくれる。

大理石のバルコニーから階段を下り、庭に出ている客も多い。まだ肌寒い季節だが、外でダンスを踊っているのは、熱烈な恋人同士のようだった。

「ここも、人が多いな。もう屋敷へ戻るか？」

「え、いいんですか？　ぼくなら大丈夫ですけど」

シリルが驚いてそう言うと、侯爵は大きく嘆息する。

「大丈夫じゃないのは私のほうだ……早くおまえを抱きたい」

そっと抱き寄せられて、耳に直接囁《ささや》かれた言葉に、シリルは息をのんだ。

かっと頬が熱くなり、まともに侯爵の顔を見られなくなる。

「シリル、帰ろう」

侯爵はシリルの腰に手をまわし、やや強引に歩かせる。

ひととおり挨拶を済ませ、ダンスも踊ったが、ずいぶんと短い滞在だった。

†

タウンハウスに戻り、侯爵の私室でふたりきりになると、シリルは再び襲ってきた羞恥で、どうしていいかわからなくなった。

侯爵に抱かれるようになり、スワン城でも夜ふたりきりで過ごすことが多くなっていた。でも、今夜はまだドレス姿のままだ。

「あ、あの……今日はもう遅いので、し、失礼します」

シリルはそう言って逃げ出そうとしたが、侯爵にぐっと手首を握られてしまう。

「シリル、言っただろう。おまえを抱きたくなった」

「そんな……だって、ぼくはまだドレスを着てるのに……」

シリルは懸命に身をよじった。

なのに侯爵はまったく放してくれず、むしろきつく抱きすくめてくる。

「ドレス姿だと、何かまずいことがあるのか?」

「だ、だって、脱ぐのが大変だし……」

「それは、私に抱かれてもいいということか?」

意地悪く揚げ足を取る侯爵に、シリルはいっそう頬を染めた。

「ぼ、ぼくは……」

そう呟《つぶや》いたきりで、シリルは言葉を切った。

これ以上は恥ずかしすぎて、とても口に出せない。

侯爵に抱かれるのがいやなわけではなかった。ただドレスがくしゃくしゃになったりしたら、困ると思っただけだ。

「おまえのドレス姿は、いつ見ても惚《ほ》れ惚《ぼ》れするな。今日、おまえをダンスに誘いに来た男がいただろう。殴り倒してやろうかと思ったぞ」

乱暴な言葉にシリルは青灰色の目を見開いた。

侯爵が独占欲を剝《む》き出しにしている。それ自体は嬉しいけれど、もしかすると侯爵は、本物の女性のほうがいいと思っているのではないだろうか。

必要以上にドレスを買ってくれたのも、その表れかもしれない。

なんとなく不安になったシリルは、縋るように侯爵を見つめた。

「あの……ぼくは本当にお役に立っているのでしょうか？」

「どうした、シリル？　何故《なぜ》そんなことを訊《き》く？」

「だって、ぼくは……」

シリルはその先を言うのが怖くなり、思わず俯《うつむ》いた。

すると侯爵は大きくため息をつく。

「やはり、頼むべきではなかったな……おまえに、そんな顔をさせてしまうとは」

ぽつりと呟かれた言葉に、シリルは胸がずきりと痛くなった。何故かふいに悲しくなって、涙がこぼれてしまう。

「シリル！　どうした？　何故、泣いている？　私が悪かった。許せ。もう二度とおまえに婚約者の役などさせないから、許してくれ」

シリルの涙を見た侯爵が慌てたように抱きしめてくる。

これにはシリルのほうも驚いてしまった。

「どうして侯爵が謝るのですか？　悪いのはぼくなのに……」

「何故、そういう話になる？　おまえは女装するのがいやだったのだろう？　それなのに、無理強《じ》いしたのは私だ。だから謝っている。おまけにおまえのドレス姿を見て、可愛いと思ってしまった。たまにでいい。これからもドレス姿を見せてくれたらと、邪《よこしま》なことを考えた」

「そんな……」

「シリル、愛している。だから、機嫌を直してくれ」

優しく抱きしめられて、シリルはようやくほっと息をついた。

侯爵の温《ぬく》もりに包まれていると、取り乱してしまったことが恥ずかしくなる。

「ぼくは侯爵のお役に立ちたいだけなんです。だから、もし侯爵がこの格好をお好きなら……また……ドレスを着ます、から」

「シリル、おまえは私の忍耐を試す気か？」

いきなり侯爵が怒ったような声を出す。

「え……」

「悪いが、私はおまえのように純真ではない」

侯爵は狂おしく言ったかと思うと、いきなりシリルを引き寄せ口づけてくる。

「んぅ……んっ」

最初から深く舌を挿し込まれ、隅々までたっぷりと貪られた。

そのうえ侯爵は、シリルの身体に手を這《は》わせてくる。詰め物をした胸から脇腹《わきばら》、そして腰の後ろへと伸びてきて、シリルはびくりと震えた。

だが侯爵の手はそこでぴたりと止まってしまう。

「まったく、女物のドレスというのは、手に負えんな」

唇を離した侯爵は、苛立《いらだ》たしげに吐き捨てる。そして侯爵はいきなり手を前に回してきた。

「あっ」

スカートの裾が大胆に捲《まく》られ、下着を剝き出しにされる。

シリルは恥ずかしさのあまり、思わず腰を退いたが、侯爵の手はいきなりドロワースの中まで忍び込んできた。

「シリル、乱暴な真似《まね》をしてすまないが、やはりおまえを今すぐ抱きたい。いいか？」

侯爵はシリルの中心に手を当てて、そんなことを訊ねてくる。

「やっ、……ぅぅ」

あまりにも突然のことで、シリルは答えるどころではなかった。

すると侯爵は、許せと言って、ふいにシリルの身体を抱き上げる。

スカートの後ろを膨らませるために、コルセットの他に特殊な下着をつけていた。それが邪魔になったせいで、侯爵の肩に荷物のように担ぎ上げられるような格好だった。

寝室まで運ばれ、シリルは天蓋《てんがい》付きの寝台に下ろされた。

「や、待って……ドレスが」

「ドレスなど、どうでもいい」

侯爵はそう吐き捨てて、シリルのドレスを脱がせにかかる。

「やっ、あぁ……っ」

シリルは必死にもがいたが、侯爵の勢いには到底敵《かな》わなかった。

ドレスが脱がされ、コルセットとドロワースも取り去られる。侯爵は邪魔なものを次々と寝台の外に投げ捨てていった。

「これで、ようやくおまえの肌に触れられる」

にやりと笑った侯爵を、シリルは潤んだ目で見つめた。

「ひどい……ドレスがくしゃくしゃに……」

「あんなものは、もういい。それより、おまえにキスしたい」

侯爵に掠《かす》れたような声で言われると、シリルはもう何も言えなくなる。

青く澄んだ瞳でじっと見つめられ、ドキドキと胸が高鳴った。

「……愛しています……」

どんなに恥ずかしくても、侯爵に愛されるなら耐えられる。むしろ、ずっと抱きしめていてほしいと思う。

「それは私の台詞だ……シリル、愛している」

侯爵は甘く囁いて、シリルの唇を塞《ふさ》いできた。

†

翌日。タウンハウスに呼ばれたのは、紳士服専門のドレスメーカーだった。侯爵がシリルのために、大量の服を注文したのだ。

「侯爵……スチュアート……これは贅沢すぎでしょう」

シリルはやや呆《あき》れ気味に抗議した。

しかし、長椅子でゆったり寛《くつろ》いでいる侯爵は、まったく聞く耳を持たない。そのうえシリルをそばまで呼んで、さらにとんでもないことを言い始める。

「明日はトーマスの事務所へ行く。遺言書を作っておかねばならぬからな」

「遺言書？」

シリルはぎくりとなって訊ね返した。

「私に何かあれば、おまえに全財産を譲る。残念だがスワン城は残してやれないが」

さらりと告げた侯爵に、シリルは悲しみよりも怒りを覚えた。

「侯爵、それはやめてください。絶対にいやです」

「何故だ？　必要なことだぞ？」

「いいえ、侯爵に何かあるなんて、想像するのもいやですから。それより、もうスワン城に帰りましょう。ぼくは今すぐにでも帰りたい。いいでしょう？」

シリルは侯爵の隣に腰を下ろし、甘えるように身体を預けた。

侯爵はすぐにシリルの肩を抱き寄せてくる。

「仕方ない。おまえがそう言うなら、スワン城に戻るとするか……」

「ありがとうございます」

シリルはほっと息をついて微笑んだ。

遺言書の件は、そこでいったん打ち切りとなった。

そしてスチュアート・ナイジェル・ヴァレンタインが、爵位を継ぐ以前から、途方もない資産家であったことをシリルが知るのは、もう少しのちの話になる。


―― END ――

あとがき

【侯爵と片恋のシンデレラ】をお手に取っていただき、ありがとうございます。糖分高めのヴィクトリアン・ロマンスを目指しましたが、いかがだったでしょうか？

英国の貴族ものは今までも書いてまいりましたが、十九世紀風の設定は初めてです。鉄道はとおっているけれど、電灯や電話はまだお目見えしていない時代なので、城館では執事を筆頭に、下僕やメイドが人力を駆使して大活躍……一度は書いてみたかった世界なので、実現できて嬉しいです。とは言うものの、いつもどおりに都合の悪いところは自前の設定になっておりますので、ご了承くださいね。

サマミヤアカザ先生には、すごく可愛いシリルと素敵な侯爵を描いていただきました。画像が届くたびに、ふわ～っとため息でした。本当にありがとうございます。

担当様、編集部の皆様、制作に携わっていただいた方々もありがとうございました。

最後になりましたが、本書をお読みくださった読者様にも、心より御礼を申し上げます。ありがとうございました。ご意見、ご感想などお待ちいたしておりますので、よろしくお願いします。次回作でも、またお目にかかれることを祈っております。

秋山みち花　拝

✦初出　侯爵と片恋のシンデレラ……………書き下ろし
倫敦のシンデレラ…………………………書き下ろし

秋山みち花先生、サマミヤアカザ先生へのお便り、本作品に関するご意見、ご感想などは
〒151-0051 東京都渋谷区千駄ヶ谷 4-9-7
幻冬舎コミックス　ルチル文庫「侯爵と片恋のシンデレラ」係まで。

幻冬舎ルチル文庫

侯爵と片恋のシンデレラ

2016年2月20日　第1刷発行

✦著者　秋山みち花　あきやま みちか

✦発行人　石原正康

✦発行元　株式会社 幻冬舎コミックス
〒151-0051 東京都渋谷区千駄ヶ谷 4-9-7
電話 03(5411)6431［編集］

✦発売元　株式会社 幻冬舎
〒151-0051 東京都渋谷区千駄ヶ谷 4-9-7
電話 03(5411)6222［営業］
振替 00120-8-767643

✦印刷・製本所　中央精版印刷株式会社

✦検印廃止

ISBN978-4-344-83667-9　C0193　Printed in Japan